PIEMME Junior BESTSELLER

W0283168

A Tony, con amore
Ti incontrerei ancora davanti all'altare, alle tre
C.M.P.

www.battelloavapore.it

Titolo originale: The Wedding Planner's Daughter
Copyright © 2005 by Coleen Murtagh Paratore
All rights reserved, including the right of reproduction in whole or in part or in any form.

Editing, redazione e impaginazione: Elàstico
Progetto grafico: Clara Battello

I Edizione 2008
Nuova Edizione Piemme Junior Bestseller 2011

© 2008 - EDIZIONI PIEMME Spa
20145 Milano - Via Tiziano, 32
www.edizpiemme.it - info@edizpiemme.it

Anno 2011-2012-2013 Edizione 1 2 3 4 5 6 7 8 9 10

È assolutamente vietata la riproduzione totale o parziale di questo libro, così come l'inserimento in circuiti informatici, la trasmissione sotto qualsiasi forma e con qualunque mezzo elettronico, meccanico, attraverso fotocopie, registrazione o altri metodi, senza il permesso scritto dei titolari del copyright.

Stampa: Mondadori Printing S.p.A. - Stabilimento NSM - Cles (TN)

Coleen Murtagh Paratore

Operazione Matrimonio

Traduzione di Angela Ragusa
Illustrazioni di Sara Not

PIEMME Junior BESTSELLER

Quando la vita ti tira un nocciolo,
tu pianta un ciliegio.
Willa Havisham

1. Il desiderio

Oh, a volte credo fino a sei
cose impossibili prima di colazione.
Lewis Carroll, *Attraverso lo specchio*

Se quando sentite il mio nome, Willafred, non pensate a una principessa... beh, ci avete azzeccato. «È lei, è la figlia dell'Organizzanozze» si bisbigliano l'un l'altro. «Non somiglia affatto alla madre.»

Perché mia madre, Stella Havisham, è fascinosa come una regina. Io invece sono sottile come uno spaghetto e i miei capelli sembrano la criniera impazzita di un cavallo. Però ho dei begli occhi: azzurri come il mare.

Ed è appunto qui in riva al mare che ci siamo trasferite l'anno scorso. A Bramble, Cape Cod, la cittadina dov'è nata mamma. Questo è il nostro settimo trasloco. Traslochiamo ogni volta che Stella ha un attacco di fifa. Nana, mia nonna, continuava a pregare questa sua figliola "più cocciuta di un'alga" di tornare a casa, sul Capo, e finalmente Stella l'ha accontentata.

È stato allora che ho cominciato a sperare l'impossibile. E adesso Nana dice: «Speriamo che Stella peschi un pescatore».

Cape Cod è assolutamente adorabile. Non scorderò mai il giorno in cui abbiamo attraversato il ponte, alto sopra le onde incappucciate di bianco. Quando ho abbassato il finestrino dell'auto, il vento si è slanciato ad abbracciarmi. *Benvenuta, Willa, benvenuta.*

In quel momento ho avuto la sensazione che qui il mio sogno potesse finalmente avverarsi.

A proposito, spero che in questo siate più fortunate di me. Avete presente quel momento magico, quando arriva la torta di compleanno e voi chiudete gli occhi e vi concentrate al massimo per esprimere un superextra, superimportante, superdesiderato desiderio?

Beh, se avete scoperto il segreto per farlo avverare, mandatemi una cartolina. Per anni, ogni singolo anno, ho espresso sempre lo stesso desiderio, e non si è mai, mai avverato.

Però spero che il mio tredicesimo compleanno sia quello buono. E così, nascosta nel soppalco del coro a spiare le prove dell'ultima fatica di Stella, mentre mangio boeri alla ciliegia sfogliando *Tom Sawyer* e ascoltando la signora Bellimo gorgheggiare l'*Ave Maria* come se dovesse esibirsi alla Carnegie Hall, anche se siamo ancora a maggio e al mio compleanno mancano otto mesi, credo nell'*impossibile*.

Ho controllato sul calendario e ho visto che il mio compleanno cadrà di venerdì. Venerdì 13. Ma che importa? Forse per me funzionerà al contrario. Forse riscatterò la reputazione del venerdì 13.

Forse questo sarà il compleanno giusto. Forse Bramble è il posto giusto. Forse, finalmente, avrò un padre.

2. Le regole

Mi costringe a lavarmi, e mi pettina e mi rilecca; non mi lascia dormire nella legnaia... La vedova mangia al suono della campana; va a letto al suono della campana; si alza al suono della campana... è tutto così disgustosamente regolare da essere insopportabile.
Mark Twain, *Le avventure di Tom Sawyer*

Rientro di volata da scuola, supero la porta chiusa dell'ufficio di mamma, su cui campeggia il cartello A NOZZE DA HAVISHAM, e salgo due gradini alla volta le scale che portano al primo piano. Un tempo qui c'erano le pompe funebri di Bramble. Le cerimonie si svolgevano al piano terra, i corpi venivano imbalsamati nel seminterrato (giuro che non lo dico per mettervi paura), e la famiglia dell'impresario abitava al primo piano, nelle stanze che adesso occupiamo noi. Stella è ferma davanti alla finestra dello studio, le tende appena scostate in modo che dall'esterno nessuno possa vederla. È così concentrata che neanche si accorge del mio arrivo.

Forse una stanza come questa voi la chiamereste "soggiorno" o "salotto" ma, credetemi, in casa nostra è davvero uno "studio": è qui che ogni giorno, al mio ritorno da scuola, mamma mi aspetta al varco.

Vedo la sua testa muoversi lentamente, tracciando piccoli cerchi, e a stento trattengo uno strillo di eccitazione: so chi sta guardando, e la cosa si incastra perfettamente con i miei piani.

Arretro in silenzio, ma il radar di Stella è rientrato in funzione. – Quell'uomo è uno sciocco – dichiara, chiudendo le tende e rimettendosi a posto una ciocca bruna sfuggita alla crocchia severa. – Domani hai il compito di scienze, giusto, Willafred?

– Ti prego, mamma, chiamami Willa! Tina mi chiama Willa, dice che è molto più fascinoso.

Tina Belle ha il volto di una stella del cinema e lisci capelli biondi. È così carina che sembra che luccichi. Ed è quanto di più vicino a un'amica del cuore io abbia mai avuto.

– Esatto –. Mamma solleva il mento. – Ed è proprio per questo, Willafred Havisham, che non ti chiamerò mai così. Sappiamo entrambe a che cosa è di ostacolo il fascino, giusto?

Regola n. 4: *Il fascino è di ostacolo al successo.*

Trattengo a stento uno sbuffo. – Per piacere, mamma, stasera potremmo mangiare un po' prima? Ho una partita. È contro l'Eastham, e l'allenatore mi fa giocare da attaccante. E ho già finito i compiti.

Il mento di mamma, il mio barometro personale, vira verso il Polo Nord. Scaramuccia in arrivo. Quanto capisco il povero Tom Sawyer: grazie a Stella la Vedova e alle sue regole, anche qui tutto è "disgustosamente regolare". Mamma nutre "grandi speranze" per me: frequenterò "un'università prestigiosa" e "avrò successo" (certo non come organizzatrice di matrimoni, visto che non mi lascia nemmeno avvicinare all'ufficio), ed è convinta che questo sia possibile solo applicando alla lettera un libro di regole più grosso della Bibbia.

Le duellanti si preparano a incrociare le spade. *En garde*. Stella va all'attacco.

– Storia?

– Fatto.

– Scienze?

– Fatto.

– Matematica?

– Eccola.

– Educazione civica?

– Fatto.

– Letteratura?

– Certo che sì.

– Arte? Musica?

– Sì, sì. (Evviva, forse sono salva!)

Ma ecco che Sir Stella sferra un colpo *directement à mon coeur*, dritto al cuore: – *Avez-vous étudié pour votre essai de français de mardi prochain?*

Svengo. Giuro che svengo. No, non ho studiato per il compito di francese di martedì prossimo. Ho appena infranto la Regola n. 3: *I compiti non finiscono mai*. Bisogna essere sempre preparati per ogni possibile verifica, interrogazione, ripasso, quiz a crocette (programmato o no) che potrebbe, ma anche no, svolgersi domani, la settimana prossima, il mese prossimo, l'anno prossimo. Perché la sola cosa importante è la conoscenza, e quella non è mai abbastanza. A proposito, ecco le altre regole:

n. 1 *Ogni ragazza deve nutrire grandi speranze per se stessa.*
n. 2 *Non stare ad aspettare il Principe Azzurro; potrebbe essere caduto da cavallo.*
n. 3 (vedi sopra)
n. 4 (idem)
n. 5 *Quando si va a scuola, la luce si spegne alle nove in punto.*
n. 6 *Sta' alla larga dall'ufficio.*
n. 7 *STA' ALLA LARGA DALLE NOZZE.*

Eccetera eccetera.

Dopo aver cenato e sistemato la cucina, infilo l'uniforme della squadra di calcio. Prendo la foto di papà che tengo sul cassettone: fisso i suoi occhi azzurri, e poi i miei nello specchio. Non c'è da stupirsi che mamma si rattristi ogni volta che mi guarda.

Vorrei che papà fosse qui per accompagnarmi alla partita. Scommetto che applaudirebbe più forte di tutti. E verrebbe agli allenamenti, e giocherebbe a pallone con me in cortile finché non si accendono le lucciole, compito di francese o no. Mi chiedo se al nostro vicino di casa, il Poeta, piaccia il calcio. A Stella gli sport di squadra non interessano: lei si fa otto chilometri di corsa tutte le mattine, da sola.

Mamma mi accompagna in auto al campo sportivo.
– Eccoci qua. Finisci alle sette e mezza, giusto?

– Sì. Resti a guardarmi, vero?

Tutti gli altri genitori si portano dietro sedie pieghevoli, e applaudono e gridano consigli e invitano gli amici dei figli per il fine settimana. Stella resta in macchina a sbrigare lavoro d'ufficio.

L'Eastham è una squadra tosta. L'idea di giocare come attaccante mi rende nervosa: finalmente l'allenatore mi ha dato una possibilità. A due minuti dalla fine siamo sotto di un gol, quando mi si spalanca davanti un varco: sparo il pallone dritto in rete… Gol! Un boato sale dalla folla mentre le mie compagne di squadra mi circondano strillando. Con il cuore in gola perlustro rapida le facce esultanti ai bordi del campo. Appoggiata all'auto, Stella mi dà le spalle, parlando al cellulare.

Quella sera la sorprendo di nuovo alla finestra dello studio: guarda il labirinto sul retro della casa del Poeta e traccia piccoli cerchi con la testa. Perfetto.

Sono le dieci passate. Sto infrangendo la Regola n. 5. La peggiore per una come me a cui piace leggere. Tengo sul comodino tutti i miei libri preferiti, in modo da averli a portata di mano ogni volta che ne ho bisogno. Certe frasi mi rendono felice. Certi personaggi sono vecchi amici. In tutti questi anni, e con tutti questi traslochi, è stato difficile farsi degli amici *veri*.

Stasera leggo *La piccola casa nella prateria*, di Laura Ingalls Wilder, uno dei miei preferiti. Il papà del romanzo è così affettuoso con le figlie, Laura e Mary, e ha gli occhi azzurri proprio come il mio.

– Willafred! Domani devi andare a scuola!

– Scusa, mamma –. Spengo la luce. – Buonanotte.

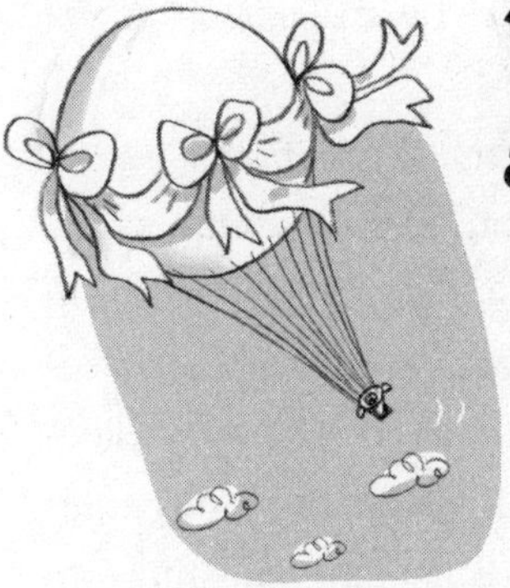

3. Boeri alla ciliegia

Accanto ai ciliegi ti ho vista, o Stella,
e ho capito che eri tu la mia bella.
Billy Havisham

Mio padre era un uomo con la testa piena di grandi, folli idee, che amava scrivere poesie. Mi sarebbe piaciuto conoscerlo, ma è morto prima che io nascessi.

Quando ero più piccola mamma non ha mai voluto parlarmi del loro incontro, o delle nozze, o dell'orribile tragedia accaduta il giorno dopo, ma ogni volta che venivo sul Capo per passare le vacanze estive con Nana ci pensava lei a raccontarmi tutto. E così spesso, che alla fine l'intera storia mi si dipanava davanti agli occhi come un film.

Un film che ormai ho proiettato tante di quelle volte da non essere più sicura di quali fotogrammi siano reali e quali inventati. Ma dato che è il *mio* film, va bene così.

Estelle Clancy e Billy Havisham si conobbero un bel giorno di primavera a Washington, D.C. Mamma aveva appena preso il diploma di economia aziendale e si era concessa una vacanza prima di dare l'assalto a Wall Street. «Sarebbe stata una donna d'affari formidabile» diceva Nana. «Di sicuro non aveva in programma di perdere la testa per le paroline dolci di qualche giovanotto.»

Mio padre, William Frederick "Chiamami Billy" Havisham, dirigeva l'agenzia pubblicitaria Grandi Idee per tutte le Tasche a Washington. Stava facendo una corsetta nel Parco del Poeta durante la pausa pranzo quando si alzò il vento... *et voilà*: si voltò giusto in tempo per scorgere una donna bellissima avanzare verso di lui avvolta in una nuvola rosa e bianca.

Fiori di ciliegio. Rosa e bianchi. Lì per lì Billy la scambiò per un miraggio, ma Stella era assolutamente reale. Così, su due piedi (in un paio di scarpe da ginnastica), Billy si ritrovò innamorato cotto. E, buon per lui, su due piedi (più probabilmente in un paio di sandali) Stella ricambiò.

A Washington i ciliegi fioriscono in primavera, e il loro profumo denso e dolce fa cinguettare come fringuelli anche due perfetti sconosciuti. Mamma era stracotta a tal punto che annullò tutti i suoi colloqui di lavoro a Wall Street e prolungò la vacanza. A sentire Nana, ogni sonetto composto per lei da Billy nel Parco del Poeta ammorbidiva un pezzettino alla volta il "solido cervello da donna d'affari" di Stella. Finché, dopo pochi, turbinosi giorni, si fidanzarono.

«Billy era il ragazzo giusto per Stella» diceva Nana. «Fin da piccola è sempre stata troppo seria. Billy la faceva sbellicare dalle risate.» Mamma che si *sbellica* dalle risate? Non me la immaginavo proprio.

Con grande delusione di Nana, Stella decise che le nozze si sarebbero celebrate a Washington perché era lì che aveva conosciuto Billy. «Secondo me invece» commentava Nana «era perché considerava Cape Cod troppo pittoresco e antiquato per i suoi sofisticati progetti».

Poco dopo il fidanzamento Billy "varcò lo stagno" (come lui chiamava confidenzialmente l'oceano Atlantico) per aprire filiali di Grandi Idee a Londra, Parigi e Bruxelles. Una volta alla settimana spediva a Stella una poesia e una scatola di boeri alla ciliegia come pegno d'amore.

Questa è una delle poesie:

Accanto ai ciliegi ti ho vista, o Stella,
e ho capito che eri tu la mia bella.

Niente male, eh?

Intanto a Washington, tra un sospiro e un cioccolatino, Stella portava avanti la sua missione: organizzare la Cerimonia Nuziale Perfetta.

Tutto da sola. Il che non era un problema, grazie all'assenza di sorelle maggiori ficcanaso, nonne impicciione, prozie e terze cugine starnazzanti convinte di sapere tutto su abiti e fiori. Inoltre, dato che papà era orfano, niente parenti acquisiti ansiosi di offrire consigli non richiesti. Nana era pronta a chiudere il suo negozio, Dolcetti Perfetti, per andare a Washington ad aiutarla, ma no: Stella era decisa a supervisionare personalmente ogni singolo dettaglio. E, credetemi, non è consigliabile intralciarle la strada quando parte in quarta.

«Era ossessionata dall'idea della cerimonia perfetta» diceva Nana.

Mi sembra proprio di vederla, Stella, che legge tonnellate di libri su come si organizza un matrimonio, divora riviste a non finire, perlustra chiese e cappelle, balla in country club e sale da banchetto, passa in rassegna arredatori alla moda, saloni di bellezza, pasticcieri, fiorai e ristoratori, scatta una foto dopo l'altra, prende valanghe di appunti... insomma, studia per il matrimonio come altri studierebbero per prendere la laurea.

E non si fermò finché non ebbe trovato quello che cercava: i Dodici Ingredienti per una perfetta cerimonia nuziale.

Nel frattempo gli affari di Billy andavano a gonfie vele. «Continuava a mandarle i nomi di nuovi amici europei da invitare» raccontava Nana. «Era un giovanotto così affascinante. Lo adoravano tutti.»

Le nozze di Estelle Marie Clancy e William Frederick Havisham furono un'opera d'arte. Nana ha conservato un ritaglio di giornale in cui vengono paragonate a quelle di Carlo e Diana. Perfettamente perfette.

I miei genitori si sposarono in primavera, quando i ciliegi sono in fiore. Dopo la cerimonia mozzafiato nella cattedrale, cento colombe bianche furono liberate in cielo, poi una carrozza da favola, tirata da quattro stalloni neri con tanto di pennacchio, portò i novelli sposi al lussuoso Crowne Plaza Hotel, dove centinaia di invitati adoranti li aspettavano nel salone da ballo.

La coppia, al colmo della felicità, brindò con il migliore champagne francese. Seguì una cena a base di caviale beluga con foie gras e quaglie ripiene (e quintali di raffinato cibo europeo per i numerosi ospiti che venivano dall'altra sponda dello "stagno").

Gli sposi danzarono finché l'orologio batté la mezzanotte, poi si incamminarono lungo un sentiero di fiori di ciliegio fino alla loro suite Luna-di-Miele, dove William recitò a Estelle la sua poesia nuziale mentre il chiaro di luna accendeva scintille sui lampadari di cristallo e sui capelli d'ebano della sposa... (vabbè, ho esagerato un po', forse, ma tutto sommato non è così inverosimile). Al mattino Stella si svegliò e si trovò davanti un vassoio d'argento con ciambelle calde e marmellata, un rametto di ciliegio in un vasetto di cristallo e un biglietto. Essendo un uomo dalle folli idee, Billy aveva organizzato una sorpresa di grande effetto per la novella sposa.

Incontriamoci nel Parco del Poeta a mezzogiorno.

Mi immagino mamma che ride, si asciuga una lacrima e pensa: «Che uomo stupendo e affascinante ho sposato. Non vedo l'ora di avere tonnellate di figli stupendi e affascinanti, a cominciare da una figlia stupenda e affascinante che chiameremo Willa e che avrà gli occhi azzurri proprio come lui». (Un po' stiracchiata?)

Una limousine bianca portò Stella (più sei bauli di pelle rossa nel bagagliaio) al parco, in grande stile.

Ed è qui che la pellicola inizia a farsi sfocata.

Stella si sedette ad aspettare l'arrivo del suo amato sulla loro panchina preferita, crogiolandosi al sole e sorridendo agli scoiattoli.

Passò un'ora. Due. Tre. E tutto questo quando ancora la gente non se ne andava in giro con il telefonino in tasca.

Continuò ad aspettare. Al calare della sera l'aria rinfrescò e un poliziotto notò la bella donna seduta sulla panchina, rigida come una statua e con l'aria di essere completamente congelata. Aveva un piccione appollaiato su una spalla; accanto, i sei bauli rossi con tutto il necessario per la luna di miele erano coperti da un candido strato di fiori di ciliegio.

Il poliziotto la toccò delicatamente su un braccio. – Aspetta qualcuno, signora?

Lentamente Stella sollevò lo sguardo, battendo le palpebre sulle iridi castane come se si stesse risvegliando da un sogno. Il gentile poliziotto ripeté la domanda, stavolta a voce più alta: – Aspetta qualcuno, signora?

Fu allora che la statua si spezzò e ne sgorgarono torrenti di lacrime.

I giornali di New York e di Washington riferirono la tragedia con toni dignitosi. Le riviste popolari furono decisamente meno comprensive: MONGOLFIERISTA DILETTANTE SI AZZUFFA CON I PICCIONI E PERDE. Il *Cape Cod Times* riportò il commento di un abitante di Bramble: "L'affascinante Billy di Stella Clancy ha fatto il suo ultimo tuffo nello stagno".

Almeno non sono orfana al cento per cento. Ho ancora mamma. E mi dispiace un sacco per quello che è successo, ma ormai sono passati quasi tredici anni e so che papà capirebbe se Stella si risposasse. Vorrebbe vederla felice.

Vorrebbe vedere *me* felice.

4. Il Poeta

Non c'è Vascello che come un Libro
possa portarci in Terre lontane
né Destriero pari a una Pagina
di caprioleggiante Poesia.
Emily Dickinson

Noi due seguiamo una specie di piano biennale. Più o meno ogni due anni, proprio quando comincio a sentirmi ben inserita e pronta a farmi un'amica del cuore, sul volto di mamma compare la temuta espressione da statua e, dopo un po', arriva l'annuncio: «Willafred, facciamo le valigie».

Non per puntare verso qualcosa di meglio: solo per fuggire da qualcosa che teme.

Stella non ha mai avuto problemi a trovare clienti. È sufficiente che appenda l'insegna A NOZZE DA HAVISHAM ed esponga i dodici cavalletti nel suo ufficio-galleria perché la gente cominci a parlare. Dopodiché basta una singola cerimonia e le arrivano più richieste di quante ne riesca a soddisfare.

Se avete una mappa potete seguire la nostra rotta lungo la costa orientale, con partenza da Washington, D.C., dove sono nata. Prima Baltimora, poi Philadelphia, Newark, Hartford, Providence, e ora Bramble, Cape Cod, nello Stato del Massachusetts. Mi auguro che finisca qui. Il Capo è una penisola. La prossima fermata è l'oceano Atlantico.

Ora, a meno che non siate nomadi o girovaghi, capirete che non è proprio uno spasso affrontare una nuova scuola e nuovi compagni («e QUELLA chi è?») ogni due anni. Finisci per sentirti un po' come un fenomeno da circo: «Ih-ih-ih-ih-ih-ih-ih-e-QUELLA-chi-è?».

E più mi avvicino all'adolescenza, peggio è. A volte, per le prime settimane dopo l'ennesimo trasloco, i miei unici amici sono quelli nei libri. Loro non mi deludono mai.

Però qui a Bramble le cose sembrano andare meglio. Tina e io filiamo d'amore e d'accordo, Nana apprezza il mio aiuto a Dolcetti Perfetti, e con il signor Tweed, il proprietario della libreria locale, Libri per Bramble, c'è una certa "affinità di spirito". Sulamina Mum è meravigliosa, e poi c'è Joseph Francis Kennelly, che è carino da morire.

Ovviamente, ogni volta tutte le mie proteste antitrasloco si rivelano inutili. Per giunta, mi serve tempo per inquadrare un posto nuovo e capire se c'è un uomo che vada bene per mamma. Se lei non trova un marito, io resto senza padre. Basta fare due più due.

Abbiamo conosciuto un sacco di tipi simpatici, ma nessuno è riuscito a infrangere l'armatura d'acciaio di Stella. «Dovrebbero prenderla di peso e portarla via senza darle il tempo di pensare» dice Nana.

Non che Stella se ne stia chiusa in casa. Ogni tanto esce a cena o va al cinema con un tizio, ma appena lui comincia a fare sul serio, è finita. E se il tizio è così tonto da azzardare qualche romanticheria vecchio stile, allora sì che è spacciato. Una volta un certo Zane Friday era così cotto che assoldò una piccola banda e si piantò sotto il suo balcone per farle la serenata. Cantava con tale passione che la sua bella faccia diventò rossa come un peperone. Beh... ci pensò Stella a raffreddargli i bollenti spiriti con una secchiata d'acqua fredda.

Però nutro delle speranze per il Poeta. È lui lo "sciocco" che mamma teneva d'occhio dalla finestra dello studio. Sam Gracemore. Non è un bel nome?

Sam si è stabilito nella casa accanto l'estate scorsa, poche settimane dopo il nostro arrivo a Bramble. La nostra elegante casa di mattoni ha un'aria fredda e compassata, con il prato sempre ben rasato e la siepe ordinatamente potata. La grande casa bianca del Poeta avrebbe invece bisogno di una bella risistemata: una persiana verde pende tutta sbilenca, come per accennare un gesto di saluto, e il muretto di recinzione si sta sgretolando.

Nana dice che un tempo quella casa era una locanda molto chic: la Bramblebriar Inn. Hanno vissuto lì generazioni di Gracemore, ma dopo la morte della nonna di Sam, Rose, l'edificio è rimasto abbandonato per quasi un decennio. Con grande stupore del resto della famiglia, la casa era andata a Sam: perché, aveva scritto nonna Rose nel testamento, fra tutti i suoi parenti era quello che più amava il mare.

La casa del Poeta ha molti comignoli e, sul tetto, una balconata che qui chiamano la Passeggiata della Vedova. Tanto tempo fa le donne salivano lassù e andavano avanti e indietro scrutando l'orizzonte nella speranza di scorgere la barca del marito. Ma il mare era traditore, e molti uomini non tornavano più a casa: ecco perché quel nome così triste.

Ho messo gli occhi sul Poeta il giorno stesso del suo trasloco. Era un'afosa mattina di agosto e io ero seduta davanti alla finestra dello studio a scorrere il libro di matematica in programma per il nuovo anno scolastico (l'idea che Stella ha dei compiti estivi), quando guardai fuori e vidi un tizio piantare un cartello nel giardino della casa accanto. Chiamai mamma, che smise di studiare l'andamento della Borsa e venne a vedere.

– Bene – commentò. – Forse vuole organizzare una vendita all'asta di ciarpame vario. Mi auguro che rimetta in sesto quella topaia. Devono essere almeno dieci anni che nessuno ripulisce il prato.

Ma quel pomeriggio, mentre andavamo in città per comprare il necessario per la scuola, ecco cosa leggemmo passando davanti al cartello:

AVANZA FIDUCIOSO IN DIREZIONE DEI TUOI SOGNI.
Henry David Thoreau

«Che bello» pensai. «Gli piace la poesia.»

Mamma alzò gli occhi al cielo ed emise il suo inconfondibile sbuffo-di-disappunto-per-l'inettitudine-dell'umanità.

Più tardi, rientrando, vedemmo il Poeta che spazzava il portico. Sorrise e ci salutò.

Che bell'uomo! Controllai di sottecchi se anche mamma lo avesse notato.

– Salve – gli rispose in fretta, senza rallentare. Sì, l'aveva notato.

– Non potremmo almeno presentarci? – bisbigliai. Portare al nuovo vicino un piatto di biscotti o invitarlo al picnic domenicale era fuori discussione. Stella non avrebbe mai fatto parte del club "Benvenuti a Bramble". Infatti...

– No – ribatté. – Pensiamo piuttosto a preparare il tuo zaino per la scuola.

Ma la sera dopo, quando andammo al ricevimento di accoglienza della scuola... ecco Sam Gracemore insieme agli altri professori. Sarebbe stato il mio insegnante di lettere! Quello sì che era un colpo di fortuna. Sam ci vide e sorrise.

La fila avanzava lentamente; quando finalmente raggiungemmo il Poeta, lui e Stella si strinsero la mano... e poi si scordarono di mollare la presa. Potrei quasi giurare di aver visto scoccare una scintilla.

Immediatamente entrai in azione per bloccare la fila che premeva alle nostre spalle. Continua a parlare, mamma. Continua a parlare. E loro parlarono. Eccome se parlarono! Il Poeta si chinò e le disse qualcosa, e mamma sorrise. Poi mamma inclinò la testa in avanti per dire qualcosa, e il Poeta sorrise. La palestra era soffocante e rumorosa, ma Stella e Sam erano in un *altro* posto. Un posto più bello. Ignari delle smorfie e degli sbuffi dei vari genitori in attesa.

Finché una signora con l'ombretto viola e le labbra scarlatte come quelle di un pagliaccio tossì rumorosamente e spezzò l'incantesimo. In seguito scoprii che era la madre di quell'odiosa di Ruby Lagna (l'ex amica del cuore di Tina). Il Poeta allungò il collo per continuare a parlare con mamma, ma ormai lei era già davanti al professor Mistletoe, l'insegnante di musica dall'alito mefitico.

Mentre avanzavamo lungo la fila di insegnanti, sapevo che Stella stava indossando la sua armatura, imponendo a se stessa di non voltarsi. Ma sapevo anche che il sorriso radioso del Poeta si era scavato un sentiero sottile nel suo cuore congelato. Da quella sera, a ogni riunione della scuola (la Cena del Raccolto, il Quiz di Matematica, l'incontro Lettori-Scrittori...), quando il Poeta e la mamma erano nella stessa stanza avevo l'impressione che qualcuno avesse alzato il termostato. Non mi restava altro che trovare il modo di metterli insieme.

5. I Dodici Ingredienti Perfetti

Qualcosa di vecchio, qualcosa di nuovo,
qualcosa di prestato, qualcosa di blu,
e una monetina portafortuna nella scarpa.
Anonimo

– Zitta! – ammonisco Tina mentre scivoliamo furtive a piano terra. È venerdì notte, sono le undici passate, e Tina si è fermata a dormire da me. Finora è filato tutto liscio, ma Tina è così elettrizzata all'idea di vedere l'interno di A Nozze da Havisham che temo finirà per svegliare mamma.

– Zitta! – ripeto mentre giro la chiave e apro la Porta Proibita, infrangendo ancora una volta la Regola n. 6: *Sta' alla larga dall'ufficio*. A dire il vero la infrango ogni sera prima di un matrimonio organizzato da mamma: vengo qui con forbici, ago, filo e il Tredicesimo Ingrediente Segreto, il tutto infilato nella sua vecchia borsetta nuziale di seta bianca (che ormai è diventata beige).

Mamma non sa che sono io la chiave del suo successo. Da quando ho cominciato ad aggiungere il Tredicesimo Ingrediente Segreto le sue quotazioni sono salite alle stelle.

Fu a Hartford che scoprii l'*altro* motivo per cui facevamo i bagagli ogni due anni o giù di lì. Prima pensavo che fosse solo perché mamma non voleva affezionarsi troppo a qualcuno che avrebbe potuto spezzarle di nuovo il cuore. Finché non sentii la signora DeNucci e le sue amiche confabulare dal parrucchiere.

Il mio casco asciugacapelli si era spento e Kimmy, la ragazza che si occupava di me, non se n'era accorta. Intuii subito che qualcosa non andava: tutte le signore scuotevano la testa con aria incredula, come se avessero appena ricevuto una notizia disastrosa.

E tutte guardavano *me*.

Tenni gli occhi fissi sulla rivista che avevo in mano. Non dovevano capire che stavo ascoltando.

– È tutta colpa dell'Organizzanozze – declamò in tono angosciato la signora DeNucci, dimenandosi tanto che quasi cadde dalla sedia. – Quella donna ha stregato mia figlia. Cerimonia perfetta, stupenda, niente da dire, ma il giorno dopo la mia Joanie è crollata... piangeva come una fontana, quasi avesse subito un maleficio!

– È proprio così! – strillò la signora Fox, scostandosi i bigodini dalle orecchie. – Proprio come la mia Allison. La signora Havisham ha organizzato anche le sue, di nozze, ed è andata esattamente come dice lei, signora DeNucci: cerimonia fantastica, dall'inizio alla fine, ma il giorno dopo Allison si è messa a piangere senza più riuscire a fermarsi. Come se le avessero fatto una fattura.

Un brivido di sgomento attraversò l'intero salone. Kimmy si afflosciò su una sedia, tutte le altre ragazze smisero di lavare, tagliare, mettere in piega e arricciare capelli e si voltarono a fissarmi.

– Ma è stupendo! – squittisce Tina, riportandomi al presente.

Uno scatto dell'interruttore ha illuminato l'ultima creazione della signora Havisham. Lo sguardo di Tina perlustra lentamente la stanza come l'occhio di una telecamera, cercando di catturare il più piccolo dettaglio.

– Oh – sospira. – Com'è bello.

Ci sono molte cose belle nell'ufficio di Stella, ma a colpire sono soprattutto i cavalletti. Dodici, sistemati tutt'intorno alla stanza, ciascuno coperto da un piccolo sipario di velluto rosso. Altro interruttore, e si accendono i faretti: uno puntato su ogni cavalletto, come se fossero i quadri di un museo.

Domani si celebreranno le nozze di Alabaster "Allie" Granite e Bartholomew "Bart" Vador. Passiamo lentamente da un cavalletto all'altro. Tina squittisce ogni volta che tiro un cordoncino dorato e il sipario scorre rivelando il soggetto nascosto: su ogni cavalletto c'è la foto o lo schizzo finale di uno dei Dodici Ingredienti Perfetti. L'abito della sposa. Lo smoking dello sposo. Gli inviti. La cerimonia. Il ricevimento (in questo caso, una foto della terrazza del Ballymar Country Club come apparirà domani). I fiori. Il menu. I tavoli apparecchiati. La musica. Il fotografo. La torta. La limousine.

– È meraviglioso – sospira Tina, guardando l'abito da sposa di Alabaster Granite.

Sembra che abbia dentro una lampadina da come scintilla. Tina non lo sa, ma secondo le precise istruzioni dell'Organizzanozze qualcuno della famiglia della sposa verrà a prenderlo domani mattina alle otto in punto. Stella non lascia niente al caso: sa che da lei l'abito sarà al sicuro fino al gran giorno. Niente grinze né macchie. Perché l'abito è il Primo Ingrediente Perfetto.

Tutti i Dodici Ingredienti sono stupendi. Messi insieme, daranno vita a un capolavoro. Le nozze di Alabaster Granite e Bartholomew Vador saranno un'opera d'arte assolutamente unica. In fin dei conti, è questa la specialità della signora Havisham.

– Ooooh – tuba Tina. – Sarà una cerimonia spettacolare... perfino più bella delle nozze di Duke e Dora a Tahiti –. Sembra sul punto di svenire da un momento all'altro.

– Coraggio – dico io, e le passo un boero alla ciliegia per tirarla su (non sai mai quando un boero può tornarti utile!). – Addirittura meglio delle nozze di Duke e Dora? Davvero? –. Per Tina questo è il massimo dei complimenti. Duke e Dora sono i suoi personaggi preferiti della sua soap preferita: *Giovani per sempre*. Se non è in casa quando va in onda, registra l'episodio e se lo guarda la sera sullo schermo da venti pollici che tiene in camera. Io ho visto solo un paio di puntate. In casa nostra non ci si mette spesso davanti alla tv: Stella sostiene che "lessa il cervello". In particolare il veto pende su romanticherie e (allarme rosso!) concorsi di bellezza. A mamma basta sentirli nominare perché le venga l'emicrania.

– Toc toc? Willa? Ci sei? –. La voce di Tina mi riporta ancora una volta al presente. È il giorno dopo: la sto riaccompagnando a casa. Mamma è già uscita per sovrintendere alle nozze Granite-Vador.

– Ho detto che venerdì prossimo potresti venire a dormire da me.

Due fine settimana di fila insieme? Suona tanto amiche-del-cuore. – Sicuro, forte, lo chiederò a mamma.

Ma poi Tina aggiunge: – Lo dirò anche a Ruby. Possiamo organizzare una serata di bellezza. Mi faccio prestare i trucchi di mamma, e Ruby potrebbe portare l'album delle nozze di sua zia Philly. Lei era la damigella, sai.

– Sì, lo so. Ok –. Ma perché deve venire anche la Lagna? Le ciliegie mi si rimescolano nello stomaco. Ho mangiato troppi boeri dopo che, alle due del mattino, Tina si è finalmente addormentata e io sono sgattaiolata di nuovo a piano terra per aggiungere il Tredicesimo Ingrediente Segreto al capolavoro dell'Organizzanozze.

6. Il cuore rosso

Un libro?... A che ti serve un libro?...
Abbiamo una splendida televisione con uno schermo
da venti pollici e tu vieni a chiedermi un libro!
Roald Dahl, *Matilde*

All'inizio tutte le ragazze della scuola volevano essere mie amiche. Probabilmente pensavano che sarebbe stato eccitante venire a casa mia e guardare l'Organizzanozze agitare la sua bacchetta magica.

Finché si è sparsa la voce che non ho il permesso di avvicinarmi all'ufficio.

E per questo devo ringraziare quella linguacciuta di Ruby Lagna, che è in classe con me. Il suo vero cognome è Lang, ma Lagna le si addice molto di più. Non so se vi ricordate: sua madre è quella che ha tossito spezzando il magico legame fra Sam e Stella al ricevimento della scuola. È proprio una famiglia di lagne.

Insomma, Ruby Lagna era la damigella d'onore alle nozze di sua zia Philly Scamorza (che in realtà si chiama Scamborough), le prime organizzate da mia madre a Bramble. E dato che Ruby è una mia compagna di scuola, ho pensato che si sarebbe potuto fare un'eccezione alla Regola n. 6… Invece, appena mi ha visto infilare la testa nell'ufficio, mamma ha strillato: – Fuori da qui, Willafred!

Beh, quella lingualunga della Lagna non ha lasciato passare nemmeno un minuto prima di mettersi in moto peggio di un mulino a vento e informare tutte le sue amiche... che, per mia sfortuna, fanno parte della compagnia più numerosa e più in gamba della classe. Oltre che l'unica: nella nostra classe siamo solo dieci. – Lo sapete? Alla figlia dell'Organizzanozze è proibito avvicinarsi alle nozze!

Scommetto che ha fatto gli straordinari per diffondere la notizia ai quattro venti. Probabilmente tutte hanno pensato che fossi una specie di calamità che mandava all'aria le cerimonie, e che per questo mia madre fosse costretta a bandirmi dall'ufficio.

Ma per quanto ce l'abbia con Stella perché insiste a tenermi fuori dalla sua vita, so che, ci crediate o no, ha i suoi buoni motivi.

Pur avendo il cuore spezzato per la tragica morte del suo amato Billy, dopo un po' i fiumi di lacrime di Stella si prosciugarono. «Ma perché è stato così sciocco? Non sarebbe bastato prendere un taxi per l'aeroporto come qualunque altra coppia in luna di miele? Se non fosse stato così romantico e scervellato, sarebbe ancora vivo...»

Furibonda per avere visto la sua vita da favola volarsene, letteralmente, via col vento, troppo orgogliosa per rifugiarsi a casa da Nana dopo avere voltato le spalle a Bramble, e assalita da nausee mattutine perché era incinta di me, Stella prese la sua decisione.

Si sarebbe presa cura di se stessa e del bimbo in arrivo, *da sola*. Con i mariti aveva chiuso. Non aveva avuto bisogno di un uomo prima di conoscere Billy, e tanto meno ne aveva ora. Aveva il suo diploma, giusto? Tutto quello che le serviva erano entrate sufficienti per mantenersi e, come ben sapeva, se uno vuole fare soldi è meglio che gestisca da sé i propri affari. Già... ma che tipo di affari?

Vedendo oggi la sua passione per i compiti a casa, immagino che filò dritta in biblioteca a consultare montagne di libri. Presumo che quello intitolato *Di che colore è il vostro paracadute?* le abbia fatto stringere il cuore, ma scommetto che da qualche parte nella sua testa è squillato un campanellino quando ha letto: *Cos'è che conosci meglio?*

Ding. Stella aveva la risposta.

Nozze. Era superesperta in cerimonie nuziali.

Non ho informazioni dettagliate riguardo agli sviluppi successivi, ma vediamo se riesco a ricostruire i fatti. Sei mesi dopo avere deciso di dedicarsi all'organizzazione delle nozze altrui, Stella dovette chiamare un taxi per andare tutta sola in ospedale, nel cuore dell'inverno, contorcendosi di dolore e pronta a partorire (me). E alle 10.03 di sera del 13 gennaio, quando l'infermiera avvolse l'adorabile pupetta urlante dalla faccia paonazza (sempre io) in una deliziosa copertina per consegnarla all'affascinante giovane donna sul letto, Stella guardò i miei occhi azzurri e pianse. La somiglianza con mio padre era sconvolgente.

– Il nome, mia cara? – le chiese gentilmente l'infermiera.

– Willafred – sussurrò mamma. – Willafred Clancy Havisham.

Scommetto che l'infermiera scrisse il nome pensando: «Oh povera piccola! Spero almeno che la chiamino Willa... è molto più fascinoso».

Più tardi, quella notte, Stella fece a se stessa due solenni promesse. La prima era che, fatta eccezione per Will- (da William) e -fred (da Frederick), da mio padre non avrei ereditato nient'altro. Ci avrebbe pensato lei a chiudere per bene il portone del castello e gettare via la chiave: sua figlia Willafred non sarebbe diventata una sognatrice con la testa fra le nuvole come Billy. Willafred non avrebbe sprecato la vita in attesa del

Principe Azzurro. Willafred, che mai sarebbe stata chiamata Willa perché un nome troppo fascinoso avrebbe potuto ostacolare la sua scalata al successo, Willafred, dicevamo, avrebbe imparato a prendersi cura di sé. Sarebbe cresciuta forte, seria e intelligente. E non avrebbe mai permesso a un affascinante poeta chiacchierone di trascinarla su una mongolfiera. Perché, come sa chiunque abbia un briciolo di cervello, le mongolfiere possono precipitare.

La seconda, solenne promessa fu che non avrebbe mai permesso a sua figlia, Willafred appunto, di avere a che fare con l'organizzazione delle nozze di chiunque. Niente abiti da sposa e roba simile che potessero distogliere qualcuno dei suoi neuroni dallo studio. Perché, come tutti noi sappiamo dalla Regola n. 4, *Il fascino è di ostacolo al successo*.

Eppure, nonostante sia bellissima e piena di fascino, Stella ha un grande successo. È la cosa più prossima a una celebrità che abbia mai messo piede a Bramble. E tutti i negozianti della zona si augurano che prima o poi organizzi qui le nozze di qualche celebrità vera. Le pareti del suo ufficio sono tappezzate di articoli, incorniciati come diplomi, comparsi su *Il Giorno della Sposa*, *Magiche Nozze* e *Fortune*. Stella inizia la giornata leggendo il *Wall Street Journal*, e la conclude portandosi a letto una rivista di alta finanza. Niente romanzetti rosa, per lei, nossignore. Non li degna di un'occhiata. Ha perfino fatto sparire il libro di poesie di Emily Dickinson che le ho regalato l'anno scorso.

Però, un tempo, anche a lei piacevano le poesie. Quelle che le scriveva papà. E perfino lei ne ha scritta qualcuna. Le ho trovate dentro il Cuore.

Avevo più o meno otto anni quando scoprii il Cuore. Una notte fui svegliata da suoni spaventosi: gli alberi scricchiolavano, il vento ululava. Era la prima tormenta di neve della stagione. Uscii in corridoio e vidi la luce filtrare dalla porta socchiusa della stanza di mamma. Sbirciai dentro e la vidi in ginocchio sul tappeto davanti a una valigetta rossa.

Ora, conosco fin troppo bene i suoi bauli rossi: li tiriamo fuori e li riempiamo più o meno ogni due anni, dopo che sulla faccia di Stella ricompare l'ormai nota espressione impietrita. Ma quella valigetta era più piccola delle altre e aveva una forma strana, a cuore.

Mamma stringeva un foglio, una lettera forse, in una mano, e teneva l'altra premuta sulla bocca nel tentativo di soffocare i singhiozzi che la scuotevano mentre oscillava avanti e indietro. Aveva un'aria così triste che provai l'impulso di correre da lei e abbracciarla, ma sapevo che si sarebbe arrabbiata. Rimasi sveglia per ore, ripensando a quello che avevo visto.

Per fortuna, il giorno dopo, il professor Puffis dovette fare una visita d'urgenza dal dentista e cancellò la lezione di piano, così tornai a casa prima del solito. Mi misi a origliare alla porta dell'ufficio, e quando sentii mamma dire: – No, signora Pisarski, mi dispiace, ma in nessuna delle mie cerimonie ci saranno garofani rosa. Sì, capisco che per lei abbiano un valore sentimentale perché erano nel suo bouquet due decadi fa, ma per sua figlia non sono abbastanza originali... – capii che stava illustrando a una nuova cliente il Sesto Ingrediente Perfetto. Bene: avevo a disposizione tutto il tempo che mi serviva per investigare.

In ogni casa che abbiamo girato, la stanza di mamma è sempre stata in perfetto ordine. Niente grinze sul copriletto o calze negli angoli o bioccoli di polvere che si rincorrono sul cassettone. Mi ci volle un po', ma alla fine lo trovai. In fondo al guardaroba, dietro la biancheria di cotone e di lino ibernata per l'inverno in attesa di essere risvegliata in primavera, c'era il Cuore rosso.

Lo sollevai (era leggero come una piuma) e lo deposi sul tappeto accanto al letto. Mentre aprivo il gancio dorato le mani mi tremavano. L'immagine di mamma che piangeva continuava a tormentarmi come un fantasma.

Eppure, anche se non le dimenticherò mai, non erano state le sue lacrime a scuotermi di più: quella sera, Stella indossava il suo abito da sposa.

7. Bramble

Se ti piacciono dune sabbiose e aria salmastra,
e piccoli villaggi pittoreschi, di certo
t'innamorerai del vecchio Cape Cod.
Dalla canzone *Old Cape Cod*

Mentre esco dalla casa di Tina sento suonare le campane della CUB, la Chiesa Congregazionalista Unita di Bramble, e percorro a razzo Main Street per riuscire a dare almeno un'occhiata di straforo alle nozze di Allie Granite e Bart Vador.

Siamo a più di un chilometro dal mare, ma avverto lo stesso sul viso l'aria salmastra che mi sfiora con le sue ali da farfalla. Bramble è un posto magico. Si "sente" la storia, qui: a volte mi sembra di udire le voci dei secoli passati salire dall'acciottolato. Anche il futuro però si fa sentire: nella risata e nello sguardo incuriosito di ogni nuovo turista.

Un tempo Bramble era un villaggio di pescatori, che nell'Ottocento diede i natali al famoso baleniere Mitticus J. Bramble. Ci sono parecchie case signorili (alcune con tanto di targa d'ottone che informa il passante: COSTRUITA NEL 1894, oppure REGISTRO NAZIONALE DEI LUOGHI STORICI), tutte di mattoni rossi o assi bianche, con le persiane nere o verdi. A un capo di Main Street si trova la Chiesa Congregazionalista Unita di Bramble (il pastore è la mia amica Sulamina Mum), dall'altro la biblioteca. E in mezzo ristoranti e negozi di vestiti, un cinema a due sale, una ferramenta, un fioraio, una cartoleria, il mercato del pesce, una farmacia, due gallerie d'arte, qualche rivendita di paccottiglia turistica, e i miei negozi preferiti: Dolcetti Perfetti e Libri per Bramble.

Per fortuna Nana comprende l'importanza dei boeri alla ciliegia nella mia dieta quotidiana e me ne regala una scatola ogni venerdì. È uno dei nostri piccoli segreti. Se Stella lo scoprisse, andrebbe su tutte le furie. Nana fa i boeri migliori del mondo. Ciliegie fresche, complete di nocciolo portafortuna, immerse nello sciroppo e ricoperte di cioccolato al latte. Conservo tutti i noccioli. Sono semi, sapete, e ne possono nascere alberi di ciliegio.

Apro la porta di Dolcetti Perfetti e mi tuffo in quel mare zuccherino. Mi accolgono ondate di cioccolata, vaniglia e menta. Nana sorride e dice: – Abbracciami, braciolina – perché è sempre felice di vedermi. Vive sola da quando mio nonno, il grande amore della sua vita, è morto.

Il suo arruffato cagnolino bianco e nero, Pezza, mi schiocca baci bavosi, poi si sdraia sul dorso, solleva le zampe e mi guarda: *Allora, Willa, che aspetti a darmi una grattatina?* Giuro: quel cane parla.

Ogni volta che riesco a liberarmi dallo studio vado da Nana ad aiutarla e lei mi passa una paghetta e dolci gratis. Dato che Stella mi tiene a stecchetto, qualche spicciolo mi fa comodo. E poi è divertente. Taglio le torte al cioccolato in riquadri perfetti e riempio i barattoli di caramelle. Il mio compito più importante è ricordare ai bambini di usare la paletta per raccogliere i pescetti fruttosi: Nana dà in escandescenze quando li vede infilare nel barattolo le loro "zampe sudicie". E poi sono la sua assaggiatrice ufficiale di caramelle marinare. Questa zona è famosa per le sue caramelle marinare, e Nana vuole creare un nuovo gusto, il migliore sul Capo (è così che dicono gli indigeni: non "del Capo", ma "sul Capo"). Ogni anno il *Cape Cod Life*, la rivista locale, pubblica "Il Meglio di...", e Nana vuole essere citata per i dolci più buoni. Perciò continua a sperimentare sapori nuovi. Finora è stato tutto un susseguirsi di colpi a vuoto. Pensava di aver fatto centro con quello alla zuppa di vongole... ma chi vorrebbe un dolce che sa di pesce?

Mentre lavoriamo, complottiamo su come fare per convincere mamma a risposarsi. Quando ci siamo trasferite qui, Nana aveva in mente un bel pescatore atletico, finché non ha incontrato il Poeta durante la Giornata dei Nonni organizzata dalla scuola. – È l'uomo per Stella – mi ha detto strizzando l'occhio. – Puntiamo la bussola su di lui –. In realtà penso che mi abbia sentito parlare di poesia con Sam e abbia pensato che sarebbe un padre perfetto per me.

Quando lascio il tepore confortevole di Dolcetti Perfetti, mi trasferisco due porte più in là, da Libri per Bramble, dove il mio amico signor Tweed non mi delude mai. Appena sente tintinnare la campanella sulla porta, sbuca dal retro, a volte zoppicando un po' per la "solita artrite", e mi stringe la mano. – Ciao, Willa. Sono contento di vederti –. E prepara una pentolata di tè al limone. Niente latte e niente zucchero. È così che ci piace.

Ci sediamo sul divano con i piedi appoggiati sul pouf, bevendo tè e parlando di libri. Il signor Tweed mi raccomanda sempre di leggere più libri possibile, perché crescendo potrei finire per avere troppo da fare. Poi, quando mi alzo per andare via, dice: – Batuffolo te lo sta tenendo in caldo –. Allora vado al davanzale e do una grattatina al pelo vaporoso della sua gatta grigia. Lei salta giù, e io recupero il mio tesoro. Un libro, scelto apposta per me dal signor Tweed, che per fortuna comprende l'importanza dei libri nella mia dieta quotidiana.

Sto mettendo insieme un elenco dei miei preferiti. "La scelta di Willa". È stata Tina a darmi l'idea: l'anno scorso è andata con i suoi al famoso ippodromo di Saratoga, a New York, e le hanno dato un questionario intitolato "La scelta dei Piccoli", dove i bambini scrivevano il nome dei cavalli che secondo loro avrebbero vinto. Tra parentesi, i Belle alloggiavano in un albergo raffinatissimo, dove le ballerine del New York City Ballet vanno a bere la limonata che sgorga da una fontana in giardino... non suona fascinoso?

Sono le tre in punto. In questo preciso momento le mani dell'organista si librano sui tasti dell'organo della CUB. La signora Bellimo, con il suo cappellino fiorito, si schiarisce la gola e posa una mano guantata sull'organo. I fedeli si alzano, si rassettano la giacca, si lisciano il vestito, preparano fazzoletti e macchine fotografiche, e si contendono una posizione in prima fila. Alabaster Granite aspetta dietro le quinte con il padre, piena di fiducia nei Dodici Ingredienti Perfetti dell'Organizzanozze, ignara del Tredicesimo Ingrediente Segreto da me aggiunto la notte scorsa.

Bart Vador, strepitoso nel suo smoking nero, si avvicina all'altare.

Sono tutti come pietrificati, in attesa. Aspettano un cenno della signora Havisham. Al suo segnale, e soltanto allora, la sposa si farà avanti. Uno, due, sguardo a destra, cenno. Uno, due, sguardo a sinistra, sorridi. Esattamente secondo le istruzioni ricevute. E mentre l'intero film scorre nella mia testa... svolto l'angolo e vado a sbattere contro il Poeta.

8. Un corteggiatore che la corteggi

Chi è felice renderà felici anche altri.
Il diario di Anna Frank

– Ciao, Willa! Che combinazione.

Qualcuno dovrebbe dipingere il sorriso del Poeta. Ti resta dentro, un po' come quello di Monna Lisa. Che colpo di fortuna! In classe, mentre parliamo di grammatica o di Shakespeare, non ho molte occasioni per suggerirgli di abbordare Stella.

– Ascoltavo le campane, professor Gracemore. È una delle cerimonie organizzate da mamma.

– Quando non siamo a scuola chiamami pure Sam. "Professor Gracemore" è troppo formale, tra vicini di casa. Sì, ho saputo che ha un notevole talento. Tua madre, voglio dire.

Uno stormo di gabbiani passa strepitando come una sirena, facendoci alzare lo sguardo. *Cree, cree, cree.* Il Poeta s'infila goffamente le mani nelle tasche dei jeans. Un filo nero gli penzola da un bottone della camicia di cotone celeste. Probabilmente non ha trovato un filo celeste.

Sono così dispiaciuta per lui. Nana ha scoperto che dieci anni fa ha perso la moglie e il figlio di appena due anni in un incidente d'auto. Maggie e Robbie erano andati a comprargli un regalo di compleanno quando un camion sterzò bruscamente e li spinse giù da una scogliera. I palloncini gialli che Robbie aveva scelto per il suo papà volarono alti in cielo.

«Come fai a superare una tragedia del genere?» aveva commentato Nana, scuotendo la testa. «Perdere moglie e figlio nello stesso giorno...»

Ricordo che pensai: «Mamma ha perso papà, ma almeno le sono rimasta io».

Quando la storia del Poeta si sparse per Bramble, tutti si aspettavano di avere a che fare con un uomo triste e amareggiato. Invece Sam li colse di sorpresa riportando in vita il labirinto di siepi sul retro della casa di nonna Gracemore e piantando nel giardino sul davanti un tabellone di legno. Gli abitanti di Bramble sono così dispiaciuti per la sua tragedia che nessuno, a parte ovviamente Stella, protesta per il tabellone. Anzi, la maggior parte di loro aspetta con ansia di vedere che cosa comparirà di nuovo sulla Bacheca di Bramble. È diventato un argomento di conversazione, qualcosa di cui parlare.

– Presto cominceranno ad arrivare i turisti – dico. Tutti, sul Capo, parlano dei turisti.

– Sì – annuisce il Poeta.

– A pensarci bene, – aggiungo – prima ero una turista anch'io, ma ora che ci siamo trasferite qui mi sono… spiaggiata. Mi piace come suona, no? Spiaggiata...

– Tua madre ce l'ha, un pretendente? – mi chiede di punto in bianco.

Com'è poetico, così vecchio stile! Un "pretendente".

– Voglio dire, un corteggiatore – si affretta a farfugliare arrossendo.

"Pretendente" e "corteggiatore" sembrano vocaboli usciti dritti dritti da *Anna dai capelli rossi*, uno dei miei libri preferiti.

– No no! – lo rassicuro. – Non ce l'ha.

– Oh –. Il Poeta fa una pausa e mi scruta. – Sembra che la cosa ti faccia piacere.

– Oh no, non si tratta di questo... È che mi fa piacere che lei me l'abbia chiesto –. Mi rendo conto che sto camminando e parlando troppo in fretta. – Magari lei è il corteggiatore giusto per corteggiarla –. Com'è imbarazzante! Adesso sono io a parlare come se fossi uscita da *Anna dai capelli rossi*. Schizzo a tre negozi di distanza.

Ma il vento mi sussurra: *Aspetta, Willa, aspetta*, e così raccolgo tutto il coraggio che mi è rimasto, raddrizzo le spalle, prendo fiato e mi giro, sforzandomi di apparire disinvolta e non come se avessi il cuore appeso alla corda del bucato. – Le piacerebbe venire al picnic del Memorial Day insieme a noi, professor Gracemore... Sam? Mamma sperava tanto di poterla conoscere un po' meglio –. E via di corsa, come i piccoli pivieri pigolanti quando sulla spiaggia vedono avvicinarsi le nostre ombre da giganti.

Speriamo. Speriamo. Speriamo.

9. vetri spiaggiati

"Speranza" è la creatura piumata -
che si rannicchia nell'anima -
Cantando melodie senza parole -
E mai tace - mai -
Emily Dickinson

– Nana! – grido entrando al galoppo da Dolcetti Perfetti. – Devi aiutarmi. Ho appena sbattuto, letteralmente, contro Sam Gracemore e l'ho invitato al picnic del Memorial Day.

– Ben fatto, Willa – ride Nana. – Adesso bisogna solo stare a vedere se la pentola bolle –. Mi allunga una caramella a strisce gialle e verdi. – Prova questa. Pensavo di chiamarla Lime Limonoso.

– Mmm. Buono... –. La caramella mi slitta sulla lingua e mi s'incolla al palato. – Ma ora noi che facciamo? –. Mi piace dire "noi": è bello avere una complice. E Nana è piuttosto in gamba per essere una vecchia carampana. È così che si definisce lei: "piuttosto in gamba per essere una vecchia carampana".

– Hai fatto bene a invitarlo, tesoro. Dovrebbe bastare per mettere in moto le cose.

– Ma Stella sarà furiosa. Mi sbatterà in punizione per una settimana. E il prossimo weekend abbiamo la partita, e se non vado agli allenamenti...

– Dille che l'ho invitato io –. Una delle sue bugie-a-fin-di-bene-che-non-fanno-male-a-una-mosca.

– Non posso.

– Certo che puoi. Dille che l'ho incontrato al TrovaTutto di Mashpee, e che mi ha fatto pena vedere il carrello di quel pover'uomo pieno di surgelati.

– D'accordo. Ci proverò.

Nana mi allunga un sacchetto di Lime Limonoso. – Buona fortuna, tesoro.

Oggi è quella che si dice una giornata da spiaggia e mamma starà in ufficio tutto il pomeriggio. Quando arrivo a casa mi preparo un panino al tonno e prendo anche una pesca, un sacchetto di patatine e un'aranciata. E naturalmente la crema solare, il telo da spiaggia e una felpa nel caso si alzi il vento. Tutti, sul Capo, non fanno che parlare del vento. Da nord-est, da sud-ovest, a raffiche, fortunale. Per descriverlo abbiamo tante parole quante gli eschimesi per la neve. Riempio il cestino della bici e salpo verso la spiaggia.

Ci sono almeno una decina di strade che portano alla spiaggia, ma io preferisco passare dal promontorio per via dei messaggi. Proprio in fondo alla strada, subito prima delle scale che scendono alla battigia, c'è una vecchia lavagna nera. Oggi c'è scritto:

TEMP. DELL'ARIA: 23 °C
TEMP. DEL MARE: 15 °C
LA VITA È UNA SPIAGGIA, GODITELA.

Mi chiedo chi sia l'autore di questi messaggi. Un vecchio pescatore solitario? Un'insegnante in pensione con la nostalgia del gessetto? Beh, chiunque tu sia, grazie.

Lascio la bici in cima alle scale, appoggiata a una roccia, e mi curvo ad annusare le rose della spiaggia, che sbocciano su tutto il Capo con i loro fiori rosa dal profumo di cannella.

E poi c'è il mare. Ti sorprende sempre quando ti appare davanti. Anche se l'hai già visto migliaia di volte, ogni volta è come se fosse la prima. Ed è così bello che fa cantare il cuore. Si dice che, una volta che ci si innamora del vecchio Cape Cod, non ci si scrolla più la sua sabbia dalle scarpe.

Oggi le onde sciabordano tranquille, avanti e indietro. Avanti e indietro. Un ombrellone a strisce rosse freme nella brezza. Un bambino riccioluto infila una penna su un castello di sabbia. Una coppietta passeggia mano nella mano. Un peschereccio scivola sull'acqua. Le sterne zampettano sulla sabbia. Un gabbiano atterra e, come in una staffetta, un altro decolla. *Cree... cree... cree-cree-cree-cree.* Chiudo gli occhi e mi crogiolo al sole. Grazie.

Allargo il telo sulla sabbia e spacchetto il mio pranzo. Il succo della pesca mi gocciola sul mento. Il tonno è perfetto. Lo preparo come fa Nana: con un po' di maionese e basta. Stella ci mette dragoncello, curry, uvetta. Troppo arzigogolato per i miei gusti.

Dopo pranzo passeggio sul bagnasciuga, il sole sul viso, alla ricerca di vetri spiaggiati. Bottiglie abbandonate sulla riva o gettate fuoribordo, che le onde hanno portato qui e infranto contro gli scogli, i bordi taglienti delle schegge levigati dal tempo. Sul davanzale della mia finestra tengo un vecchio barattolo di maionese pieno di vetri spiaggiati raccolti negli anni. Verdi, bianchi, marroni, ma anche azzurri o rossi. Lo chiamo il mio "tesoro dell'arcobaleno" perché è una vera fortuna trovare un frammento di vetro in mezzo alla sabbia, alle conchiglie e ai ciottoli della riva. Bisogna aguzzare la vista.

Ecco! Uno azzurro. Sono i miei preferiti. Lo lavo, lo asciugo e lo metto in tasca. Arrivo alla fine della spiaggia, che è lunga più di un chilometro, dove trovo una conchiglia arancione, poi torno indietro.

Stesa sul telo, mi stiracchio, affondo le dita dei piedi nella sabbia e apro *Invito di nozze* di Carson McCullers. La protagonista, Frankie, ha dodici anni e si sente "esclusa": ha l'impressione di non fare parte di niente. Con tutti i traslochi che abbiamo fatto, anch'io spesso mi sono sentita così.

Qui a Bramble, però, è diverso. Qui ci sono Tina e Nana, il signor Tweed e Sulamina... e, se il picnic funziona, potrebbe perfino avverarsi il mio desiderio impossibile.

Ho sempre desiderato avere un padre. Ricordo che all'asilo c'era una certa Mattie Moran, e ogni giorno, quando il suo papà veniva a prenderla, lei rideva e correva a nascondersi mentre lui apriva armadi e scatoloni domandando: «Qualcuno ha visto la mia Mattie? Dov'è la mia bambina?». E, quando la trovava, la sollevava di peso e la faceva girare, e lei rideva ancora di più.

Sam Gracemore sarebbe un padre meraviglioso. È intelligente, gentile, bello e spiritoso senza bisogno di sforzarsi. Ha un buon lavoro (credo che al mondo non ci sia professione più importante dell'insegnante). Ama la poesia e i libri, come me. E fa sorridere Stella. Non l'ho mai vista sorridere a un uomo nel modo in cui ha sorriso a Sam la sera del ricevimento. Penso che il Poeta abbia uno strappo nel cuore, proprio come Stella, e che se lei gli desse una possibilità potrebbero rattopparli insieme.

La ragazza del libro, Frankie, è gelosa del fatto che il fratello maggiore si sposi. Un giorno o l'altro mi sposerò anch'io, ma ora come ora le sole nozze che m'interessano sono quelle che mi faranno guadagnare un padre. Chissà se Stella organizzerà per sé un altro matrimonio in grande stile?

Dovreste vederla all'opera. È fantastica. Anche se fa di tutto per tenermi fuori, sono anni che mi intrufolo a sbirciare il risultato dei suoi sforzi. E quando gli invitati ammirano tutta quella perfezione, avrei voglia di gridare: «È stata mia mamma. Ha fatto tutto mia mamma».

Adoro ogni ingrediente: la musica, i fiori, il cibo, il ballo. La sposa è sempre raggiante. Lo sposo è sempre nervoso. Le damigelle ridacchiano. Gli uscieri scherzano. Le bambine che spargono fiori e i bambini che portano gli anelli si rincorrono.

E poi c'è il padre della sposa.

Posso sopportare l'espressione sul suo viso quando la musica attacca, e lui sorride e bisbiglia: «Pronta?», e la figlia alza lo sguardo e annuisce e si sforza di non piangere, e allora lui irrigidisce il braccio e le strizza l'occhio e si avviano insieme. E posso sopportare anche quando, davanti all'altare, saluta la figlia con un bacio e stringe la mano allo sposo e gli dà una pacca sulle spalle, e poi va a sedersi accanto alla moglie. E posso sopportare perfino quando si alza e raddrizza la schiena e mette un braccio attorno alla moglie mentre gli sposi pronunciano il fatidico "sì". Posso sopportare tutto questo.

Ma quando più tardi, al ricevimento, la sposa e suo padre si spostano al centro del salone, e parenti e amici li circondano armati di telecamere e macchine fotografiche, e tutti fanno silenzio, e ci sono soltanto il papà e la sua bambina al centro di quel cerchio d'amore, e la musica attacca: *Sei tu la fine dell'arcobaleno, sei tu la mia pentola d'oro. Sei la mia bambina...*, beh, a quel punto devo assolutamente svignarmela.

Un branco di pesci guizza nell'acqua. Una pulce di mare mi pizzica la gamba. Infilo la felpa. Il sole sta calando. Mi tolgo di tasca il vetro spiaggiato e lo stringo come un portafortuna. Scommetto che il Poeta è un ballerino fantastico. Scommetto che gli piace camminare in riva al mare. Scommetto che è un asso a individuare vetri spiaggiati. Specialmente quelli azzurri. Scommetto che direbbe: «Guarda quello com'è carino, Willa. È perfetto per il tuo tesoro dell'arcobaleno».

10. C'e' specchio e specchio

Non sarebbe bello dormire su un ciliegio selvatico,
bianco di fiori nel chiaro di luna?
Lucy Maud Montgomery, *Anna dai capelli rossi*

– Prima di tutto bisogna fare qualcosa per quei capelli – lagneggia Ruby Lagna, l'indesiderata terza partecipante alla serata della mia futura-migliore-amica Tina. Ci stiamo rimirando tutt'e tre allo specchio a tre scomparti in camera di Tina. Loro due sembrano delle modelle: dimostrano come minimo sedici anni. Io mi guardo la zona seno e mi chiedo cos'ho che non funziona.

– Ricordate – continua la Lagna, con l'aria di chi sta per rivelare i segreti di Salomone. – I capelli incorniciano il punto focale della bellezza: il viso.

Mi verrebbe da chiederle da quale rivistucola ha tirato fuori questa frase, però mi mordo la lingua e sto zitta. È chiaro che Tina trova qualcosa in lei: erano amiche del cuore prima che spuntassi io.

– Vediamo che si può fare – sospira Ruby, e con uno strattone libera la mia “cornice” dall’elastico che la tiene sotto controllo. A quel punto una massa di capelli castani schizza da ogni parte gridando: “Aiuto!”. La Lagna mi sposta le ciocche in alto e in basso come un ascensore indeciso. – La cornice dev’essere perfetta. Io li taglierei.

Tina alza lo sguardo dalle ciotole per la manicure. – A me i capelli di Willa piacciono così come sono –. E scrolla i suoi capelli biondi (naturali). Punto.

Le sorrido. – Grazie.

– Come preferisci –. La Lagna alza le spalle, controllando nello specchio le radici scure dei suoi capelli biondi (tinti).

– Sceglìne uno, Willa – dice Tina. Lo schieramento di smalti per unghie che la signora Belle ci ha prestato per la nostra serata di bellezza è fenomenale. Sto per prenderne uno rosso quando la Lagna sbuffa: – Come sapete è quasi estate, ragazze, perciò ci servono meloni e pesche. Niente angurie fino al Labor Day, naturalmente.

– Naturalmente – annuisce Tina. – Lo sanno tutti –. Mi fa immergere le mani nelle ciotole di tiepida acqua saponosa.

Ruby apre un astuccio di ombretti, studia i colori, ne sceglie uno, infila la punta dell'indice, prepara le "tele" e si mette all'opera. Tina mi fa estrarre dall'acqua la mano destra, la asciuga bene e mi separa abilmente le dita su un cuscinetto di gomma rosa. Truccarsi è un'arte.

– Che dici, Willa? Io sceglierei questo –. Tina indica uno smalto di un rosa così accecante che ci vorrebbero gli occhiali da sole.

– Perfetto – annuisco. La mia migliore amica e io avremo le unghie dello stesso colore, anche se soltanto per una sera: appena Stella le vedrà, saranno storia vecchia.

Dopo che la simpatica madre di Tina, la signora Belle, è comparsa con l'ultimo giro di spuntini, e dopo che il suo simpatico padre, il signor Belle, ha bussato e si è affacciato per un "Ciao, ragazze. 'notte, tesoro", passiamo al momento che almeno due di noi aspettavano con ansia: l'album di nozze. Quello della zia di Lagna, Philly Scamorza.

– Io ero la damigella d'onore più giovane, sapete.

– Sì, Ruby – dico io. – Ormai lo sa tutta la città.

Tina mi lancia un'occhiata.

– Oh, giusto, Willafred – mi rimbecca Ruby, scattando come un elastico. – In fin dei conti ha organizzato tutto tua madre. Sì, mi pare di averti vista di sfuggita il giorno della prima prova del vestito... Dev'essere così interessante avere una madre che organizza cerimonie nuziali. Perché non ce ne parli? Magari del matrimonio di qualche celebrità. Ho sentito dire che ha organizzato quello di K. Jo e Gunk Daddy. Dai, non farti pregare, raccontaci qualche pettegolezzo divertente.

– Non è giusto, Ruby –. Tina accorre in mio soccorso. – Sono informazioni riservate. Non possiamo pretendere che Willa ci parli del lavoro di sua madre...

Buco con lo sguardo la foto plastificata della Lagna nel suo abito da damigella color aragosta. – Ehi, Ruby, sembra che tu abbia infilato due palloncini sotto il vestito. Ti sei procurata uno di quei reggiseni imbottiti per l'occasione?

Tina tossicchia. – Ancora biscotti?

Com'era prevedibile la Lagna russa. Tina, invece, è piena di grazia perfino quando dorme. La serata "facciamoci fascinose" è andata sprecata, almeno per me. Tina è fascinosa di natura. E Ruby si impegna al massimo per diventarlo, prova nuove pettinature, legge riviste per essere la prima sul Capo a seguire l'ultima moda di New York, e in effetti è piuttosto carina anche lei. Forse dovrei dormire di più, invece di mangiare boeri e leggere tutta la notte finché la testa mi crolla sul libro.

Tina dice che a Joseph Kennelly piaccio, ma è impossibile. Ogni tanto penso che Tina mi guardi in uno specchio diverso dal mio. Ho i capelli che sembrano una criniera di cavallo, e il seno piatto come un libro. Neanche ci siamo mai rivolti la parola, JFK e io, al di fuori della scuola. Sarebbe bello, però. Comunque, ora come ora, non è per JFK che perdo il sonno. La mia missione principale è mettere insieme mamma e il Poeta. «Continua a sperare, tesoro» mi incoraggia Nana.

Non sarà facile. Stella ha portato quegli occhiali neri per tanto tempo che per farglieli togliere ci vorrebbe un miracolo.

11. Il labirinto

Quanto a me, non conosco che miracoli.
Walt Whitman, *Miracoli*

Mentre torno a casa, la mattina dopo, sorrido a tutti quelli che incontro.

La serata è stata un successo. È vero, in un certo senso Tina e Ruby sono come due piselli in un baccello, però mi accorgo che Tina trova in me qualcosa di diverso. Qualcosa che le piace.

Svolto l'angolo e vedo il Poeta sul retro della casa, che lavora nel labirinto (= "tipo di giardino caratterizzato da aiuole e viali fiancheggiati da alte siepi e disposti secondo un disegno estremamente intricato". Prego, non c'è di che: ho pensato di risparmiarvi una consultazione sul dizionario).

Il labirinto Gracemore è un dedalo di cerchi. Entri passando in mezzo a due tuie rosse e procedi in senso antiorario verso il centro, continuando a girare e girare. Il sentiero è chiuso da alte pareti cespugliose ed è largo un metro scarso, perciò bisogna camminare in fila indiana. Cammina e cammina, a ogni giro ti avvicini un po' di più al centro. È impossibile perdersi se si resta sul sentiero.

Quando Sam si trasferì a Bramble, mamma sperava che avrebbe «finalmente chiamato un giardiniere per domare quella giungla davanti casa». Invece, con suo grande disappunto, sembra che a Sam non importi nulla di *quel* giardino: passa tutto il suo tempo in quello sul retro. Stella lo guarda lavorare nel labirinto dalla finestra dello studio. Io lo so che muore di curiosità.

Il Poeta ha incorniciato il sentiero di fiori nuovi: giunchiglie, giacinti e tulipani per la primavera, margherite e ortensie per l'estate, crisantemi e girasoli per l'autunno, lavanda e agrifoglio dalle bacche rosse per l'inverno. Colori diversi per ogni stagione. Ghiandaie, cardinali, cardellini e cince cantano tutto il giorno. Mi piace il richiamo melanconico delle tortore: *too too too*. Ci sono mangiatoie per gli uccelli dappertutto, e Sam riempie sempre d'acqua le vaschette di pietra dove possono fare il bagno. Sembra più felice, in giardino.

È così attraente. Occhi azzurro acciaio, ondulati capelli castani… Stella non può non innamorarsi di lui.

Comunque, se vi capitasse d'incontrare il Poeta, sarebbe soprattutto il suo sorriso che ricordereste: gentile e sincero. Oh, avere qualcuno che ti sorride così, come se tu fossi la persona che più lo rende felice! Potremmo andare a scuola in bici, e nel fine settimana lavorare in giardino e parlare di libri mentre Stella è impegnata con le nozze.

Vorrei poterlo invitare alla Merenda Padri e Figlie di giugno, ma dato che questo, temo, metterebbe Stella in allarme, inviterò il signor Tweed. Tina dice che alcune ragazze porteranno i nonni, perciò va bene.

Penso che in realtà Sam preferirebbe fare lo scrittore, ma io sono contenta che faccia l'insegnante: è il migliore che io abbia mai avuto. Mi piace quando ci legge le poesie. Come quelle di Christina Georgina Rossetti, una scrittrice inglese contemporanea di Emily Dickinson (chissà se si conoscevano?): quando Sam ha citato il verso "Il mio cuore è un uccello canoro", l'ho subito trascritto per non scordarmelo.

A sentire Sam, anch'io sono brava a scrivere. Quando ha letto la mia poesia *Quello che i corvi sanno*, la stessa che mamma aveva trovato "melodrammatica" e Tina "triste", ha scritto in fondo al foglio: *Brava, Willa. Mi piace il tuo uso del comune corvo come metafora della perseveranza. Sai giocare con le parole*. È il miglior complimento che abbia mai ricevuto (e siete pregati di notare che mi chiama Willa). Sam dice sempre: «Il mondo ha fame di belle parole, perciò se ne hai qualcuna, seminala».

La Bacheca di Bramble manda mamma su tutte le furie. Oggi c'è scritto: SBOCCIA ORA. Che sia farina del suo sacco? Stella ha già telefonato due volte in municipio per protestare che tutto ciò «non si addice a un quartiere residenziale». Secondo lei «tra un po' qualche pescatore pianterà un'insegna e si metterà a vendere merluzzi sull'angolo della strada».

Nana dice che Stella esagera, come al solito. Secondo me ha paura delle parole, paura di innamorarsi di qualcuno che le ama tanto. Qualcuno che le ricorda troppo Billy Havisham.

Ops, chiedo scusa: vi ho lasciati nel labirinto. Dunque, quando si arriva al centro, c'è una vecchia panchina di pietra dove fermarsi a riposare. Ho visto più volte il Poeta seduto proprio là, il viso rivolto al cielo, gli occhi chiusi, che sorrideva. Non so se pensi, o preghi, o che altro. Comunque, tornando a noi: quando uno si è riposato, esce camminando in senso orario, girando e girando, un cerchio dopo l'altro, fino a tornare dove aveva iniziato.

– Ciao, Willa! –. Sam esce dal portone e mi viene incontro. – Bella giornata, eh? Se hai un momento, vorrei farti vedere una cosa.

– Sicuro –. Rapida occhiata: no, Stella non è alla finestra dello studio.

Saliamo le scale della ex Bramblebriar Inn. Un tempo questa casa doveva essere bellissima. E in un certo senso lo è ancora, come una vecchia ballerina che conserva tracce della grazia giovanile.

Il Poeta apre la porta a zanzariera. – Dopo di te, Willa –. La veranda è calda e sa di vecchio, le sedie di vimini sono impilate in file ordinate. Immagino gli ospiti della locanda seduti sotto gli alberi a bere limonata. Sam mi guida verso un tavolo. Sopra c'è un lungo scatolone di metallo, diviso in scomparti come un'enorme scatola di cioccolatini. Ventisei in tutto, e dentro a ognuno una lettera diversa: A, B, C... insomma, avete capito.

– Vuoi provarci? – mi chiede. Tira fuori un vecchio quaderno con la copertina di pelle e me lo tende con fare solenne. È un diario, le pagine ingiallite e logorate dall'uso. Lo sfoglio, leggendo qua e là citazioni da scrittori famosi, alcune già comparse sulla Bacheca di Bramble. Altre invece sono firmate "Sam Gracemore" e hanno una data: quelle deve averle scritte lui.

– Le colleziono da anni – mi spiega. – Sapevo che le avresti apprezzate, Willa. Perché non ne scegli una che ti piace?

Torno alla prima pagina. Un verso da *Miracoli* di Walt Whitman.

Sam sorride e annuisce. – Ottima scelta.

Tiro fuori un Q, U, A, N, T, O, poi un A, M, E, N, O, N, C, O, N, O, S, C, O, C, H, E e, per finire: M, I, R, A, C, O, L, I.

Usciamo, diretti alla Bacheca di Bramble. Sam tira giù SBOCCIA, ORA e dice: – Coraggio, Willa. È tutta tua.

Sistemo con cura le lettere, con gli spazi giusti tra le parole, dopodiché restiamo là davanti in silenzio per un po'.

Il Poeta mi chiede cosa può portare per il picnic.

– Lei è sufficiente. Mamma non vede l'ora di conoscerla meglio.

Sam guarda la Bacheca e mi sorride come per dire: "Incrociamo le dita".

Lancio un'occhiata alla finestra dello studio. Mamma è lì, dietro i vetri?

Quella notte non faccio che pensare al picnic. Spero che Stella indossi qualcosa di carino.

12. Azzurri come il mare

Di gran lunga è meglio dimenticare e sorridere
che ricordare e soffrire.
Christina Georgina Rossetti, *Ricordare*

– Willafred Havisham, come hai potuto?!

Mamma è furibonda per la faccenda del picnic. L'idea di Nana era buona, ma mentre tornavamo a casa in auto dopo la partita (che tra parentesi abbiamo perso 4-2) ho deciso di dire la verità. Anche perché quando dico una bugia arrossisco, e Stella lo capisce al volo.

– Telefonagli subito e digli che ti dispiace, ma quel giorno non saremo sul Capo.

– Ma sarebbe un'altra bugia! E cosa succederà quando uscirà tutto solo sulla Passeggiata della Vedova e ci vedrà mentre facciamo il nostro picnic in allegria? Sarà sopraffatto dalla tristezza al pensiero di passare un altro giorno senza la sua amata moglie e il figlioletto, e crollerà in ginocchio singhiozzando per la disperazione. E poi a te piace, mamma, non dire di no. È affascinante e attraente e parla così bene…

Quest'ultimo dettaglio è più di quanto Stella possa sopportare. Si abbandona sospirando sulla grande poltrona bianca. – Oh, Willafred, come sei melodrammatica. So benissimo quello che stai cercando di fare. Ci hai già provato. E ti avverto: smettila subito.

Un'intera galleria di facce mi scorre davanti agli occhi: Bruce Carlson, Joe Petras, Chuck Jordan, Joe Jewel, Zane Friday, Fred Miller, Wayne Castronovo, Mike Byron, Jerry Jennings, Bill Kahl, Dennis Tompkins, Ned Trombley, Joe Scotti, J.C. Simille. Tutti gli uomini attraenti, simpatici, intelligenti (mariti potenziali per lei, padri potenziali per me) con i quali Stella è uscita in altre città... e ogni volta ha avuto paura.

– Non, e sottolineo NON, permetterò a mia figlia di giocare con la mia vita. Non voglio un marito. Non voglio sposarmi. Ora va' a finire il tuo saggio sull'espansione a Ovest, Willafred. Sento che mi sta venendo l'emicrania –. Si copre gli occhi con una mano.

E io, mamma? Quello che voglio io?

– Ti prego, mamma, non avere paura. Corri il rischio. Ci sei così vicina... Non potresti aprire il tuo cuore almeno un po'?

Il mento di mamma sprofonda giù fino al Messico... Si alza, viene lentamente verso di me e mi guarda negli occhi. Gli occhi di papà. "Scintillanti come il mare sotto il sole d'estate": così li ha descritti in una delle poesie che tiene sottochiave nel Cuore rosso. Mi guarda senza parlare. Mi fissa negli occhi come se cercasse qualcosa. La sua espressione si addolcisce, le tremano le labbra, solleva le braccia come per stringermi a sé e... si volta bruscamente.

– Non ho più un cuore da aprire, Willafred. È sepolto in fondo al mare.

Fila dritta nell'ufficio senza aggiungere altro. Tendo l'orecchio, e quando la sento chiudere la porta vado nella sua stanza e tiro fuori la valigetta rossa a forma di cuore. Ogni volta che la apro, il profumo di fiori di ciliegio mi toglie il fiato. La valigetta è piena di lettere e poesie che mamma e papà si scrissero mentre lui era in Europa e lei a Washington a organizzare le nozze. È un cuore pieno d'amore.

Spero che i nostri bambini abbiano i tuoi occhi blu, Billy, scintillanti come il mare sotto il sole d'estate.

Per sempre tua, Stella.

Sollevo delicatamente un altro foglio di carta ingiallita e accarezzo quelle righe di inchiostro. Mi sembra quasi di sentire il calore della mano di papà mentre traccia il messaggio per mamma.

Le parole non sanno descrivere quanto ti amo,
né con quale ansia il giorno del "sì" bramo.

Appoggio il foglio alla guancia. Mi conforta, come un bacio.

Poi ce n'è una buffa di Stella. Un tempo doveva avere un certo senso dell'umorismo.

Billy, non sono un poeta, ma se non provi non voli.
Mangio i boeri e sputo i noccioli,
sperando che il cioccolato non si trasformi in brufoli.

Mi è sempre sembrata una bella cosa che Stella abbia conservato le poesie, ma ora mi chiedo se è davvero così. Ripenso ai versi della Rossetti. Forse è meglio dimenticare, se ricordare ti rende triste.

Sull'angolo di una poesia campeggia un'inconfondibile macchia scura. Sorrido e avvicino il foglio al naso, respirando il ricordo dei boeri: mamma li stava mangiando quando la lesse la prima volta.

Accosto la lettera all'orecchio, ascolto il suo fruscio contro i miei capelli.

Ti voglio bene, Willa, ti voglio bene.

Dopo un po' di allenamento a pallone, vado in bici fino a casa di Tina.

E lei ha una grande idea.

– Perché non inviti al picnic anche Sulamina Mum e quel vecchietto, come si chiama, il signor Tweed? Probabilmente sono soli: così sembrerà più una festa che un appuntamento organizzato apposta per tua madre e Gracemore.

Tina è imbattibile nell'escogitare piani di fortuna.

– Grazie, Tina.

E filo dritta da Mum.

Sulamina è il pastore della CUB. «Siamo tutti "uniti", però tu puoi credere quello che vuoi, e io credo a quello che voglio» dice sempre. «Chiamatemi "sorella"» dice anche, ma tutti la chiamano Mum. In effetti, "mamma" le si addice di più. A sentire Nana, Sulamina ha portato a Bramble uno spirito nuovo. Non importa di che religione sei, o perfino se ne hai una: tutti sono i benvenuti. Ebrei, cattolici, buddhisti, battisti… ci mischiamo come in un mazzo di fiori. E cantiamo... perdinci, se cantiamo! Il mio inno preferito è quello che si intitola *Semplici doni*.

Mum dice: «Se stai cercando il significato, hai finito di cercare: il bus si ferma alla CUB. Qui abbiamo una preghiera molto semplice, composta di una sola parola: grazie».

Ogni domenica mattina la veste multicolore di Mum si staglia come un arcobaleno sulla soglia del vecchio edificio bianco; e, al centro, il suo viso splende come il sole. Dà il benvenuto e abbraccia ogni persona, giovane o vecchia, ricca o povera, come se fosse speciale. Se mai vi capitasse di incontrare Mum, è soprattutto il suo abbraccio che ricordereste. Penso che Sulamina sia la persona più buona che abbia mai conosciuto.

La trovo seduta sui gradini al sole. Quando mi vede, mi saluta dicendo: – Oh, ecco che arriva l'amore.

Appena arrivata a Bramble, pensavo che dicesse così a tutti, ma poi mi sono resa conto che quel saluto era solo per me. Quando le ho chiesto che cosa volesse dire, Mum ha bisbigliato, in modo da non farsi sentire da Stella: – So quando l'amore sta operando la sua magia. Il tuo segreto è al sicuro con me, sorellina.

– Grazie per l'invito, Willa – mi dice ora. – Di' a Stella che porterò un cocomero. Faremo una gara di sputasemi.

Passo poi da Libri per Bramble. Batuffolo dorme sul davanzale, anche lei al sole. Il negozio è più affollato del solito: cominciano ad arrivare i turisti.

– Certo che verrò al picnic, Willa, e sarà un onore scortarti alla merenda della scuola. Da quando Nora non c'è più non mi capita spesso di essere invitato a una festa. Hai detto che ci sarà anche tua nonna?

Sembra che questo lo renda particolarmente felice. Credo che Nana gli piaccia.

Gli comunico il mio voto a *Persuasione* di Jane Austen: sette (su dieci). È un po' pesante per i miei gusti, preferisco *Emma*.

Quando finiamo il tè, mi dice: – Batuffolo te ne sta tenendo in caldo un altro – e io vado al davanzale e trovo *Piccole donne* di Louisa May Alcott.

Paziente come un gatto che tende l'agguato a un topo, aspetto che mamma finisca di leggere il mio compito: *Carri carichi di speranza vanno a Ovest.* E dato che le piace, mentre mangia il dolce metto in opera il piano suggerito da Tina.

Oggi l'Organizzanozze deve valutare la mousse di mirtilli lasciatale da uno speranzoso pasticciere di Harwich che muore dalla voglia di mettersi in affari con lei. In questo momento il cervello di Stella è concentrato sul matrimonio di Moira Hennessey. Mancano appena due settimane, e da quanto ho capito origliando attraverso le assi del pavimento non è ancora riuscita a convincere la signora Hennessey che la McNamara Band non è un degno sostituto dell'*Inno alla Gioia* di Beethoven.

– Allora va bene, mamma? – chiedo di nuovo.

– Penso di sì – risponde rassegnata. – In fin dei conti dobbiamo pur fare qualcosa per il Memorial Day –. E poi, *via!*, l'Organizzanozze ritorna in azione e riprende la sua discussione mentale con la madre di Moira. Prima o poi troverà l'argomento vincente. In fondo è lei che guida il carrozzone nuziale.

Più tardi, quando vado a lasciarle sul letto la biancheria asciutta e piegata, vedo sul comodino il libro di poesia che le ho regalato.

Ooh, sì. Buon segno.

13. JFK

Mangio i boeri e sputo i noccioli,
sperando che il cioccolato non si trasformi in brufoli.
Stella Havisham

– Gli piaci eccome, a JFK – mi sussurra Tina a pranzo. Scrollata di capelli, punto esclamativo. – Continua a guardare da questa parte.

Controlliamo di sottecchi la tavola dei ragazzi della nostra classe. Forse me lo sono solo immaginato, ma stamattina, quando mi sono chinata per raccogliere una penna, JFK mi ha sorriso. È alto e snello, capelli color sabbia e occhi azzurri, silenzioso o forse timido, non so bene quale delle due, e in classe non fa battute stupide come gli altri ragazzi. Addento il panino al tonno preparato secondo l'arzigogolata ricetta di Stella (ma va bene lo stesso) e mi pulisco la bocca. Schiena dritta, sistematina ai capelli. – Perché pensi che io gli piaccia? – bisbiglio a Tina.

In tutte le altre scuole in cui sono stata la mensa era così chiassosa che dovevi urlare per confidare un segreto (sempre che tu avessi qualcuno a cui confidarlo), ma nella rispettabile Bramble Academy si dà per scontato che "signorine e giovanotti" usino sempre le buone maniere, "incluso in aula, sul campo da gioco e a mensa". Mamma si emoziona al solo pensiero di tutte queste adorabili regole.

– L'ho visto che ti guardava in classe. Ehi, magari ti inviterà a ballare al Ballo delle Lucciole. A proposito, come ci vestiamo?

Il "ci" è musica per le mie orecchie. Come "ci" vestiamo, noi amiche del cuore, al ballo di fine anno, il Ballo delle Lucciole?

Ma a proposito di insetti... ecco che Ruby Lagna, allertata dalle sue lunghe orecchie asinine, si deposita sulla sedia accanto a noi: – Ehi, ragazze, avete già comprato i biglietti? Mancano solo quattro settimane alle Lucciole. Spero che venga anche Joey Kennelly. Se lo fa, giuro che lo trascino sulla pista da ballo.

Ci mancava solo questa: anche la Lagna ha un debole per JFK.

– Sapete che sono nel comitato del ballo? Mi occuperò delle decorazioni. Mia sorella Wanda... tu che la conosci, Tina, non è uno schianto?... mi aiuterà quando torna a casa dal college la prossima settimana. L'hanno eletta Reginetta delle Matricole alla Pillowamba, e ha un sacco di idee fascinose. E indovinate? È fidanzata!

Quel "fascinose" mi stride nel cervello come un'unghia sulla lavagna. È una delle parole preferite di Tina. Per un attimo quasi mi dispiace per Ruby: dev'essere brutto perdere la propria migliore amica. E per di più avere una madre che si trucca peggio di un clown.

Ruby risucchia rumorosamente gli spaghetti in brodo. – Occhio alle calorie, mi raccomando. Non vorremo sfigurare nei nostri abiti da sera…

– Abiti da sera? – le faccio eco. – Per il ballo serve l'abito da sera?

– Un qualsiasi vestito elegante andrà bene – mi rassicura Tina. – Non c'è bisogno che sia lungo.

La Lagna alza gli occhi al soffitto: chiaramente, Tina non ha capito. – Ma certo che intendevo dire quello. Io farò accorciare il mio abito da damigella... scarpe col tacchetto, scialle con perline, gli orecchini a goccia di mamma: sono diamanti veri. Secondo mamma devo avere un aspetto sofisticato perché sono nel comitato e...

Bla bla bla continua la Lagna. Tutto d'un tratto mi è scappato l'appetito. Già sarà dura convincere mamma a mandarmi al ballo… figurarsi convincerla a comprarmi un abito elegante!

– Sei così fortunata, tu, Willafred –. La Lagna sibila il mio nome come se fosse una puntura di zanzara. – Visto il lavoro che fa tua madre, ti basterà dare un'occhiata nel suo ufficio per trovare l'abito giusto. Oh, no, dimenticavo... – pausa drammatica – …non ti è permesso nemmeno metterci piede...

Prima che possa farmi venire in mente una battutaccia, Tina entra in azione. – In effetti, Ruby, – dice in tono sbrigativo – sabato prossimo mia madre accompagnerà me e Willa a scegliere il vestito.

JFK viene lentamente verso di noi. Per lasciare il vassoio sul nastro trasportatore dovrà passare proprio accanto al nostro tavolo. Per fortuna la Lagna ha il muso infilato nella scodella, impegnata com'è a slurpare l'ultima goccia di brodo e spaghetti, e non si accorge del sorriso che JFK mi rivolge.

Nooo… anche la fossetta!

– Hai visto? Te l'avevo detto, Willa! –. Tina si scorda di bisbigliare.

– Detto che cosa? –. La Lagna alza la testa, il brodo che le gocciola sul mento.

– Niente – si corregge rapida Tina. – Che siamo in ritardo per scienze, tutto qui.

Più tardi, nel laboratorio di chimica, guardo fuori

dalla finestra mentre la mia compagna, Rachel Strichoff, cerca contemporaneamente di osservare e di registrare gli effetti del rialzo della temperatura su una fialetta di borbogliante acqua azzurrina.

– Cosa c'è da sorridere, Willafred? – mi chiede la Dour, l'insegnante di scienze.

– Pensavo a quanti passi avanti abbiamo fatto in scienze quest'anno, professoressa.

In realtà pensavo a quanti passi avanti hanno fatto i miei desideri. A Bramble mi sento a casa. Tina è quasi la mia migliore amica. JFK mi ha sorriso. Per ora niente espressione impietrita né bauli rossi da parte di Stella. E il Poeta verrà al picnic. Dopo, lui e Stella faranno una passeggiata al chiaro di luna, s'innamoreranno perdutamente, fileranno d'amore e d'accordo per tutta l'estate, si fidanzeranno in autunno e si sposeranno a dicembre, e quando a gennaio festeggerò il mio fortunato tredicesimo compleanno, spegnerò le candeline con un soffio, aprirò gli occhi e guarderò il mio desiderio diventato realtà.

Un padre.

Corro a casa per portarmi avanti con i compiti e mettere mamma di buon umore in vista del picnic. La settimana prossima Nana e io dovremo darci da fare per parlarle del ballo... e dell'abito da sera.

La sera continuo a leggere *Piccole donne*. Il signor

Tweed ci ha azzeccato. Mi piace questo libro. Mi piace soprattutto Jo.

Sto per appisolarmi, quando mi ricordo delle nozze di Moira Hennessey. Prendo un boero dalla scatola dietro i libri. Il cioccolato mi si appiccica alle mani. Ora che comincia a fare caldo, dovrò trovare un nascondiglio migliore. Mmm. Delizioso. Prendo la borsetta di seta e scendo le scale in punta di piedi. Il vestito di Moira è sontuoso, con strati e strati di pizzi. Tasto l'orlo finché trovo il punto giusto. Non ci vuole che un minuto per ricucire il tutto.

14. Il Picnic

Per il resto della settimana parlò del picnic,
pensò al picnic, sognò il picnic.
Lucy Maud Montgomery, *Anna dai capelli rossi*

Sono di fronte allo specchio che provo una maglietta dopo l'altra cercando di decidere quale mettere al picnic. Non ci crederete, ma dal nostro arrivo a Bramble sono cresciuta di cinque centimetri buoni... però sono ancora così magra che se non metto la cintura mi cadono i pantaloni. E quando si deciderà a spuntarmi il seno? La sola idea di andare in spiaggia quest'estate mi getta nella disperazione. Tina e Ruby ballonzoleranno tutt'intorno in bikini come due modelle.

Non che Stella mi darebbe mai il permesso di mettermi in bikini ma, se potessi, sarebbe bello avere qualcosa da far ballonzolare.

Mamma è al telefono che parla con una delle tante "madri della sposa". – Come dice? – chiede con quell'accento newyorkese falso-mieloso-ma-così-veloce-che-non-ti-rendi-conto-della-frecciata. – Un *bobcue*?... – mi guarda e inarca un sopracciglio – ...mmm-mmm... – accenna alle ciambelle sul ripiano.

La colazione. Stella non è una sostenitrice delle lunghe, ricche colazioni domenicali. Per quelle devo andare da Nana: pancetta, uova, crêpes, salsicce e un pentolone di tè bollente. A noi il tè piace così: bollente, poco latte e niente zucchero.

L'Organizzanozze dev'essere scattata in piedi alle cinque in punto, probabilmente ripassando mentalmente le nozze di Moira Hennessey che, da quanto ho potuto vedere dalla finestra, sono andate alla grande. Poi ha ingurgitato il solito succo d'arancia-vitamine-caffè nero-yogurt biologico e divorato il *New York Times* e il *Wall Street Journal*, penna alla mano per annotare nozze future e idee di futuri investimenti. Si è fatta otto chilometri di corsa, doccia, si è vestita, e ora è già alla sua seconda tazza di caffè quando la maggior parte degli abitanti sul Capo (ma diciamo pure di tutto il Paese) comincia appena a svegliarsi.

– No, sono spiacente signora Mobil, ma un barbecue non mi sembra adeguato –. Picchietta impaziente la penna sul tavolo e sospira il suo tipico sospiro. – Sì, signora Mobil, ma questo è Cape Cod –. Dice "Cape Cod" come altri direbbero la "Casa Bianca" o "Buckingham Palace". Spalmo il burro di noccioline su una ciambella e faccio finta di non ascoltare.

– Sì, la sera della prova possiamo pensare di fare un picnic a base di pesce sulla spiaggia, ma un barbecue per le nozze è fuori discussione.

Il menu del nostro picnic è fissato con una calamita allo sportello del frigo: filetto di tonno alla griglia con salsa teriyaki, patate arrosto, asparagi, verdure assortite con aceto di mirtilli, tutto preso da Panache, una gastronomia superraffinata di Cotuit. Quando Nana ha letto il menu, ha sospirato: – Di' a Stella che ci penso io a portare la roba commestibile. Ma insomma, chi va ai picnic per stare a dieta?

È una giornata perfetta, di quelle che si vedono solo a Cape Cod. Calda e soleggiata, con un cielo azzurro limpido come il cristallo.

Sulamina Mum è la prima ad arrivare. Si è messa sinuosi orecchini a forma di pesce, una camicia rosa e gialla anche quella con dei pesci, e ha portato il cocomero più grosso che abbia mai visto. Lascerò che sia lei, decido fra me e me, a proporre a Stella la gara di sputasemi.

Poi è la volta di Nana sulla sua vecchia Volvo. – Abbracciami, braciolina.

Ha stipato nel portabagagli tutto il necessario per il più classico dei picnic secondo tradizione: hotdog, hamburger, insalata di patate, uova alla diavola, perfino un piatto girevole rosso e bianco su cui servire ketchup, mostarda e sottaceti. Mi arriva il profumo della sua colonia alla lavanda. E si è anche messa il rossetto.

Subito dopo ecco il Poeta, in jeans e polo bianca. Ha portato un mazzolino di mughetti colti nel labirinto. – Decisamente un bell'uomo – mi bisbiglia Mum.

Anche Stella dev'essere dello stesso parere. Arrossisce quando le consegna i fiori. – Grazie Sam –. Annusa le piccole campanelle bianche. – Che buon profumo.

– Grazie a te, Stella – dice il Poeta. Ecco quel suo sorriso che farebbe sciogliere l'Alaska. L'ha chiamata Stella. Proprio come fa Nana, come farebbero i suoi amici... se mamma avesse il tempo di farsene. Dai clienti preferisce farsi chiamare Estelle o signora Havisham. Il Poeta si volta facendomi l'occhiolino, poi stringe la mano a Nana e a Mum.

Oggi mamma è particolarmente graziosa nei suoi calzoncini corti di lino rosso e nella sua camicetta bianca, con i capelli neri che scintillano al sole. Sia io sia il Poeta non riusciamo a toglierle gli occhi di dosso. Chi non si innamorerebbe di Stella Havisham? Ha fascino e successo. Di sicuro, nel suo caso, il fascino non le è stato di ostacolo. Sarà una sposa stupenda. Già mi sembra di vederla. Forse dovremmo aspettare la primavera, per le nozze. Così potremmo leggere sul *Cape Cod Times*: "La sposa ha raggiunto lo sposo, in attesa al centro del labirinto sul retro dell'antica casa Gracemore, fragrante di giacinti, giunchiglie, tulipani e...". No. Devono sposarsi entro dicembre. Così per gennaio vedrò realizzato il mio desiderio di compleanno.

Il signor Tweed arriva per ultimo, in bermuda a scacchi e berretto abbinato, portando una bottiglia di vino. Si toglie il berretto, si inchina e bacia la mano di mamma. – Incantato –. Poi bacia Nana sulla guancia. – Violet –. E le strizza l'occhio.

Il signor Tweed ha appena strizzato l'occhio alla nonna, l'ha chiamata Violet e l'ha baciata!

"Violet" arrossisce e ride, si tocca il colletto del vestito, si tocca i capelli e si volta per vedere se Stella si è accorta di qualcosa. Ma Stella è troppo impegnata a parlare con Sam. Però Sulamina Mum e io abbiamo visto tutto.

Terminato il picnic, mamma e Mum ritirano i piatti, mentre Nana e il signor Tweed preparano le porte per una partita a croquet. Sam mi chiede se voglio tirare qualche calcio al pallone.

– Mi piacerebbe venire a una delle tue partite, Willa, se per te va bene.

– Sarebbe fantastico!

– Quand'ero all'università per un po' ho giocato anch'io a calcio.

Al calare della sera mamma accende le luci e porta fuori le candele alla citronella per tenere lontano gli insetti. Nana estrae un sacchetto di caramellosi marshmallow e chiede a Sam di accendere il vecchio camino di pietra per arrostirli. Non metto in dubbio che la mousse al limone con salsa di lamponi comprata da mamma sia squisita, però Nana ha ragione: un picnic senza marshmallow non è un vero picnic.

Mi giungono frammenti di conversazione tra Sam e Stella. – Washington, dodici anni fa – sento dire mamma, e vedo Sam sfiorarle una spalla. Poi Mum mi chiede della scuola e, prima che me ne renda conto, Sam e Stella sono spariti. Rientro a cercarli. Dallo studio al primo piano vedo il retro di casa Gracemore. E loro due, nel labirinto. O meglio, intorno: Sam le sta indicando cespugli e fiori, e Stella annuisce come se fosse interessata. Poi Stella dice qualcosa, e Sam ride.

Oooh, bene. Bene. Bene. Bene.

Torno in giardino e faccio una partita a croquet con Mum. Poi giochiamo tutti insieme: Mum, Nana, il signor Tweed e io. Più tardi, quando mamma e Sam ricompaiono, il signor Tweed stappa il vino e riempie i bicchieri per gli adulti. Seguendo le istruzioni di Nana, cerco un bastoncino di legno giovane, ancora verde al centro in modo che non prenda fuoco, e mi siedo ad arrostire il primo caramelloso dell'estate.

Tina passa a salutarmi e ci spostiamo sul portico davanti casa per parlare delle Lucciole. Perfino da lì sento le risate che arrivano dal retro. – Va alla grande – dico. – Hanno fatto una passeggiata da soli, e mamma sembra così felice.

Quando Tina se ne va mi alzo per tornare dagli altri, ma non sono ancora sbucata sul retro che sento uno strano suono affannoso, come se qualcuno stesse soffocando. Mi metto a correre.

È mamma. Ride. O meglio: non ride, si *sbellica* letteralmente dalle risate. La testa all'indietro, le mani sulla pancia, le lacrime agli occhi, tutti i denti in bella mostra… una risata rumorosa, che le sgorga dalle labbra. Devo avere un'espressione sbigottita, ma è la prima volta che la vedo così. E la cosa più importante è che si sta sbellicando per una battuta del Poeta.

Sììì… Sììì! Grazie.

– Un brindisi – propone il signor Tweed.

Io sollevo una lattina di gazzosa, gli adulti i loro bicchieri.

– Ogni mente ha la sua ragione, ogni cuore la sua stagione, e mentre accogliamo l'estate su queste rive adorate, ringraziamo la vita con ardore e apriamoci all'amore.

Proprio allora una raffica di vento spegne le candele. Corro dentro a prendere i fiammiferi. Quando torno vedo che Stella si è infilata un maglione nero sopra la sua bella camicetta bianca e ha indossato un'espressione da funerale, ogni traccia di risata scomparsa.

Nana e il signor Tweed chiacchierano sottovoce in un angolo. Mum porta dentro il cocomero. Niente gara sputasemi, ormai. Lo sguardo del Poeta passa da mamma a me e da me a mamma, come se stesse assistendo a una partita a tennis e si aspettasse che una di noi gli spieghi le regole.

A raggelare mamma è stata quell'ultima parola pronunciata dal signor Tweed.

"Amore".

15. La festa dei papà

«Trabocco a tal punto di felicità, che se solo papà fosse qui, non potrei contenerne una goccia di più» disse Beth… Mezz'ora dopo… la goccia arrivò… Il signor March scomparve nell'abbraccio di quattro paia di braccia amorose.
Louisa May Alcott, *Piccole donne*

Amy, Beth, Jo, Meg. Le quattro sorelle di *Piccole donne* vogliono davvero un gran bene alla loro mamma e al loro papà. Quando per Natale il signor March torna a casa dalla guerra, è quello per loro il regalo più grande. La mia preferita è Jo. La scrittrice.

Quando seppi (ero piccola ai tempi) com'era morto papà, ricordo di aver continuato a sperare che un giorno o l'altro si sarebbe presentato alla nostra porta. Era stato un altro a precipitare con la mongolfiera e ad annegare nell'oceano. Mio padre, Billy Havisham, era riuscito a lanciarsi con il paracadute ed era atterrato sano e salvo su un'isola deserta; lì era stato colpito da amnesia, finché un giorno gli era caduta sulla testa una noce di cocco e gli era tornata la memoria, e allora si era ricordato di Stella in attesa nel Parco del Poeta, e aveva passato anni e anni a cercarci risalendo la costa est, e alla fine ci aveva trovate.

Ho sempre aspettato con terrore la festa del Papà, ma quest'anno dovrebbe andare meglio del solito: se uno dovesse immaginarsi il nonno più nonno di tutti, penserebbe al signor Tweed, e sarà proprio lui ad accompagnarmi alla Merenda Padri e Figlie organizzata dalla scuola.

Mi infilo una gonna a scacchi verdi e gialli e una camicetta gialla, e mi lego i capelli con un nastro giallo. Così dimostro otto anni. Chissà come si vestirà Tina.

Mamma è al telefono. Niente riposo del settimo giorno, per lei. Siamo in alta stagione, e dopo che è apparsa sull'ultima copertina del *Cape Cod Life* il telefono non ha più smesso di squillare. Alza lo sguardo e mi fa un cenno, ma è chiaramente concentrata sulla persona all'altro capo del filo.

– Chi impersonano? Duke e Dora? D-o-r-a? –. Annota rapidamente qualcosa. – *Giovani per sempre*? No, mai vista, però mi suona vagamente familiare.

Mi balza il cuore in gola. Duke e Dora! La coppia preferita di Tina. La sua soap preferita. Aspetta che lo sappia!

– E qual è il vero nome della sposa? Candi... con la "i". E lui? Randy con la "y". Bene. *Questo* Labor Day? Impossibile! Il budget... Quanto? Davvero? In tal caso forse possiamo fare qualcosa. Sì, sì, mmm-mmm. Sicuro –. Mamma mi lancia un'occhiata. Faccio finta di non aver sentito nulla. – Stia tranquillo. Non una parola. Assolutamente top secret.

Duke e Dora si sposano! Per davvero! Qui a Cape Cod! E sarà mamma a organizzare le nozze! A Tina verrà un colpo.

– Ciao, mamma – la saluto, vedendo arrivare il signor Tweed. Stella mi rivolge un cenno frettoloso. Potrebbe anche farci una foto, o almeno salutarci come si deve.

Il signor Tweed, in completo rosso mattone e farfallino giallo, mi consegna un mazzolino di garofani gialli. Hanno un profumo così buono.

– Grazie, signor Tweed. Il giallo è il mio colore preferito. Come sta Batuffolo?

– A meraviglia. Quando sono uscito, era stesa al sole. Di nuovo grazie per avermi invitato. Ho aspettato questo giorno con ansia tutta la settimana. Che fa oggi tua nonna?

Il signor Tweed guida *mooolto* lentamente, trenta chilometri all'ora, e si ferma a tutti i passaggi pedonali, ci siano o no pedoni. Mi viene voglia di schiacciargli il piede sull'acceleratore: non vedo l'ora di dare la notizia a Tina.

La palestra della scuola è decorata con stelle filanti e palloncini color sorbetto. Molte ragazze indossano vestiti color sorbetto. Anche alcuni padri hanno camicie color sorbetto e cravatte in tinta. Lauren McNulty e suo padre sembrano così felici, insieme. Trish Johnson, Emily Donovan e Kelsey Davemport passano ridendo. Prendo fiato.

– Ciao, Willa! Sedetevi qui. Vi ho tenuto il posto –. Per fortuna Tina e il signor Belle ci hanno occupato un tavolo. Con loro ci sono Caroline Shamlian e suo padre.

– Guarda, Willa –. Tina solleva una mano. – Papà me ne ha regalato uno nuovo stamattina –. Sul piccolo ciondolo d'oro c'è scritto: LA RAGAZZA N.1 DI PAPÀ.

– Tina – bisbiglio. – Ho GRANDI NOTIZIE.

– Quali? Ti ha chiamato Joey Kennelly?

Il signor Tweed parla del tempo con gli altri padri. Tutti parlano del tempo, sul Capo. Sole un momento, pioggia quello dopo. Poi cominciano a vantarsi dei rispettivi punteggi ottenuti sul campo da golf di New Seabury.

– Non ci crederai... – comincio, ma mi blocco: Ruby Lagna e suo padre stanno venendo verso di noi. – Non posso dirtelo ora. È top secret. Troviamoci in spiaggia alle quattro.

Il signor Lang sembra simpatico. Stringe la mano agli uomini e saluta noi ragazze. Scosta una sedia per Ruby e la fa accomodare. La Lagna ci squadra come se sapesse che Tina e io abbiamo un segreto. Guarda il signor Tweed, poi me, poi di nuovo il signor Tweed, fingendosi confusa. – Non sapevo che voi due foste parenti – miagola. Paige Snyder e Carrie Sorrentino si voltano a osservarci dal tavolo vicino.

Ho la bocca piena di ciambella. Ma il signor Tweed si dimostra all'altezza della situazione. Si schiarisce la gola, si picchietta il tovagliolo sulle labbra, lo poggia sulle ginocchia, e si gira con un sorriso radioso verso la Lagna. – Oh, sì, invece. Willa e io siamo "spiriti affini" da un pezzo.

Come in *Anna dai capelli rossi*. Gli sorrido, "grazie!", e lui mi strizza l'occhio.

Non vedo l'ora di raccontare le novità a Tina. Ho scelto la spiaggia perché quando sentirà che Duke e Dora si sposeranno per davvero, e qui a Cape Cod, e che sarà mamma a organizzare le nozze, strillerà tanto che solo il rombo dell'oceano potrà sopraffare la sua voce.

«Noooo...! Quando? Dove? Willa, dobbiamo assolutamente esserci!»

16. Il Ballo delle Lucciole

«Verrai, nevvero, verrai, nevvero, al ballo anche tu?»
Lewis Carroll, *Alice nel Paese delle Meraviglie*

Per mia fortuna la più importante Fiera degli Sposi del Paese, quella di Boston, si svolge lo stesso fine settimana del Ballo delle Lucciole, e non c'è alcun pericolo che Stella mi porti con sé visto che non mi porta mai in nessun posto che abbia a che fare con i matrimoni.

La madre di Tina, la signora "Belle-che-cara-donna", come dice Nana, telefona a mamma come promesso e mi invita a casa loro per questo cruciale weekend. – Venerdì sera andremo a fare spese, Estelle, e magari al cinema. E sabato sera la scuola organizza una festicciola. Naturalmente accompagneremo le ragazze e andremo a riprenderle.

Per Stella è un tale sollievo avere un posto dove scaricarmi, ed è così presa dai preparativi per la Fiera, che acconsente senza indagare oltre. Naturalmente è stato decisivo il fatto che nessuno abbia pronunciato la parola "ragazzi" o (si salvi chi può!) "abiti da sera".

Intanto la prevista uscita per negozi insieme a Tina e sua madre è saltata. Dopo il picnic Stella è diventata fredda come un pupazzo di neve e non ho avuto il coraggio di parlarle delle Lucciole. Però Tina e sua mamma sono andate a fare shopping e, dopo aver trovato un perfetto vestito rosa cocomero per Tina, ne hanno adocchiato uno adatto a me e l'hanno fatto mettere da parte.

Venerdì sera, la sera prima delle Lucciole, ci facciamo una pizza e poi ci fiondiamo nell'affollato, chiassoso, eccitante centro commerciale di Falmouth.

Mamma e io non andiamo mai nei centri commerciali. A dirla tutta, non andiamo mai nemmeno a fare compere. Stella ordina i miei vestiti dai cataloghi: secondo lei girare per negozi serve solo a "lessare il cervello", come la televisione.

Entriamo da Macy's e puntiamo dritte al reparto giovani. L'idea che Tina e la signora Belle mi accompagnino nel camerino mi mette a disagio, ma per fortuna si piazzano sulle poltroncine dorate nella zona salottino. Trovo un camerino libero, appendo l'abito e chiudo la porta. Mi sfilo i sandali e mi svesto, cercando di non pungermi con gli spilli sparsi sulla moquette.

Eccoci qua. Io e lo specchio. Di fronte. Di lato. Di spalle. Ancora dritta come uno spaghetto. Piatta come un libro. Quand'è che mi "curverò"? E devo assolutamente fare qualcosa per i capelli. Forse dovrei seguire il consiglio della Lagna e tagliarmi questa criniera.

Sollevo la velina frusciante. Com'è bello. Azzurro scuro, tutto percorso da fili d'argento che luccicano come stelle. Somiglia al mare. La stoffa è liscia come raso. Speriamo che mi stia bene. Me lo infilo dalla testa, senza guardare lo specchio. Ho paura di voltarmi.

Ooooh, carina. Sembro proprio carina! Davvero. Mi sorrido nello specchio.

È il colore. Mi fa risaltare gli occhi. Mi scosto i capelli dal viso, li raccolgo, mi giro a destra, poi a sinistra. Forse dovrei portarli così. Mi fanno più fascinosa. Alzo il mento e mi esercito a sorridere. *Certo, Joey, con molto piacere*. Faccio ondeggiare le spalle come se ballassi, e rido.

Mi immagino la faccia di JFK quando mi vedrà al Ballo delle Lucciole. Sarà come nei film. Lui che chiacchiera con Jess Farrelly o Luke LeGraw, poi mi vede e ammutolisce. Mi viene incontro facendosi largo fra i ballerini, guardandomi come se fossimo soli, io e lui, e quando mi raggiunge sorride timidamente, mettendo in mostra quella fossetta stupenda. «Ciao, Willa, vuoi ballare?» E allora...

– Ehi? Willa? –. Qualcuno bussa alla porta del camerino, riportandomi alla realtà. – Come ti sta?

– Benissimo! Arrivo subito.

Quando esco dal camerino Tina e la signora Belle mi accolgono con un identico sorriso madre-figlia, si scambiano un cenno d'intesa, "ben fatto!", e corrono ad abbracciarmi.

– Sembri una principessa, Willa – dice la signora Belle.

– Aspetta che ti veda Joey Kennelly! – aggiunge Tina. Scrollata di capelli, punto esclamativo.

Sono così felice. Per un momento vorrei che mamma fosse qui per dirmi: «Fantastico, cara, è perfetto. Ho in mente un paio di scarpe che con questo vestito sono la fine del mondo». E poi: «Bene, ora pensiamo alla biancheria». E poi ancora: «Ora un po' di trucco». E: «Come porterai i capelli? Potrei prestarti le perle... Ma adesso andiamo a mangiare qualcosa». Poi, al ristorante, mi sorriderebbe e direbbe: «Sei così bella, Willa. Hai gli stessi occhi di tuo padre».

I Belle fanno fuori un intero rullino per immortalare Tina e me prima delle Lucciole. La signora Belle mi attorciglia i capelli in una crocchia elegante fissata con una molletta d'argento, e insiste perché metta un paio dei suoi orecchini di diamanti, che si intonano ai fili scintillanti nel vestito. Poi mi trucca, ma appena appena: solo un po' di matita, mascara, cipria. E ci aiuta a infilare nelle borsette da sera lucidalabbra, fazzolettini e gomma da masticare.

Il signor Belle è in smoking. Gli tremano un po' le labbra mentre, con un sorriso per metà felice e per metà triste, osserva Tina scendere le scale. Scommetto che pensa al giorno in cui le scenderà avvolta in un abito bianco, non color cocomero.

– La carrozza vi aspetta, signore – annuncia con un inchino teatrale. Ci apre lo sportello, e noi saliamo ridacchiando sul sedile posteriore. È la serata più eccitante della mia vita.

Non ho fatto che aspettare, tutta la sera. Come una mosca sul muro. Aspettare e guardare. Ogni volta che la porta si apriva. Ogni volta che attaccava una nuova canzone. Ogni volta che la Lagna ronzava nei paraggi per chiedere: – Come mai voialtre non ballate? – prima di ballonzolare via per flirtare con un altro ragazzo.

JFK non si è visto. In effetti non si è visto neanche uno dei ragazzi davvero interessanti della nostra età.

Forse per colpa delle decorazioni pacchiane ideate dalla Lagna.

17. I bravi ragazzi

Prima di costruire un muro vorrei sapere
cos'è che chiudo dentro - o fuori.
Robert Frost, *Mending Wall*

Il Poeta ha di nuovo cambiato la scritta sulla Bacheca di Bramble. – Non bisogna essere neurochirurghi per capire che cosa significa, tesoro – mi dice Nana. – È il muro di ghiaccio attorno al cuore di Stella.

Il giorno dopo il picnic, il Poeta ha telefonato. – Non c'è di che, Sam – ho sentito dire mamma. – No, grazie. Non posso... davvero, no. Ho un matrimonio dopo l'altro per tutta l'estate... –. Due giorni dopo, Sam le ha scritto un biglietto. Stella lo ha letto rapidamente e l'ha gettato via.

Ma non ho intenzione di arrendermi. Ho l'intera estate per metterli insieme. Mamma continua a sbirciare fuori dalla finestra, verso il labirinto. Non lo farebbe se non fosse interessata a Sam, ma io mi guardo bene dal farglielo notare. Stella è come una tartaruga che tira fuori la testa per dare un'occhiata in giro: se si spaventa, può ritirarsi nel guscio in un baleno.

Ed è andata su tutte le furie quando ha visto le foto delle Lucciole che mi ha mandato la signora Belle. – Hai appena dodici anni, Willafred. *Dodici.* Presumo che un giorno non potrai fare a meno di conciarti in questo modo ridicolo, ma ora come ora faresti meglio a concentrarti sui compiti. Nutro grandi speranze per te, Willafred. Non deludermi.

Quella stessa sera l'ho vista studiare una carta geografica degli Stati del Nord-Est spalancata sul tavolo in sala da pranzo.

Le carte non sono mai un buon segno.

– Perché non gli scrivi una lettera? – mi suggerisce Tina a pranzo.

– A chi?

– Sveglia, Willa – sbuffa lei. – A Joey Kennelly. Chiedigli di venire in spiaggia con noi sabato. Digli che saremo in parecchi, così non si spaventa.

– Non posso. E se dice di no?

– Non lo farà – afferma Tina. Scrollata bionda, punto. – Fidati di me... Oh-oh...

JFK e la Lagna stanno venendo verso di noi. Che ci fa, quella, con lui?

– Ciao, ragazze – ci saluta la Lagna, petto in fuori, luccicante sorriso-da-lucidalabbra e testa piegata in modo civettuolo sulla spalla di JFK, come se fosse suo. – Abbiamo appena finito spagnolo. Finalmente siamo liberi per l'estate!

Perché ho scelto francese?!

– Stavo giusto dicendo a Joey che sabato prossimo darò una festa per il mio tredicesimo compleanno a *mi casa* –. La Lagna mi ignora, mentre strizza l'occhio a Tina, tipo: "Reggimi la parte, ok?". – Andremo tutti a nuotare a Wakeby Pond e poi a *mi casa* per un barbecue.

Mi casa è tutto quello che ha imparato? Giuro che l'anno prossimo scelgo anch'io spagnolo.

– Pensavo che Joey potrebbe portare qualche amico.

Si chiama *Joseph*, Joseph Francis Kennelly. JFK, per *me*. Le palpebre della Lagna frullano come ali di colibrì. Se continua così, finirà per girarle la testa e piomberà a terra svenuta.

– Che bello – cinguetta Tina, a tempo con il frullio di colibrì e tirandomi un calcio sotto il tavolo. – Perché non lo dici a Luke e Jess? –. Ha riflessi eccezionali, Tina. Nonché una cotta per Jess Farrelly.

JFK ha l'aria di trovarsi sotto i ferri del dentista. – Ok – dice, e se la dà a gambe.

– Non è uno schianto? – gorgoglia la Lagna. – Non vedo l'ora che arrivi sabato prossimo. Tredici anni, ragazze. Dovrà per forza baciarmi!

Quasi mi aspetto di sentire la sigla di *Giovani per sempre* fluire come melassa dagli altoparlanti della mensa, invece è solo la campana che segna l'inizio dell'ora successiva.

L'ultima lezione di lettere dell'anno. Il Poeta, il professor Gracemore, Sam, il mio futuro papà, ci restituisce i compiti. Sul mio ha scritto: *Personaggi pittoreschi, stile colorito*. Dopo la lezione, usciamo insieme. – Tutto bene con tua madre, Willa? Non vorrei aver fatto o detto qualcosa che l'ha offesa.

– No, Sam. Ci vuole pazienza. Non sarà facile tirare giù quel muro.

Dopo la scuola vado da Tina. Ha una stanza tutta rosa, dalla moquette alle travi. Da ogni parete ci sorridono cantanti rock e bellocci delle soap.

– Ti serve un nuovo costume da bagno – dice Tina. Scrollata d'oro, caso chiuso. – Non puoi metterti quella roba da nonna –. Si infila un bikini rosa: sembra una modella.

Che cosa posso mettermi? Ci sarà anche Ruby a ballonzolare sulla spiaggia. Ma, come ho già detto, purtroppo io non ho ancora niente da far ballonzolare.

– Prova questo –. Mi passa un bikini giallo. Il mio colore preferito. – L'ho comprato l'anno scorso, ma il pezzo sopra mi va troppo stretto.

– Grazie –. Faccio del mio meglio per non sentirmi offesa. – Lo proverò a casa. Devo andare, sono in ritardo per i compiti.

– Scopri tutto quello che puoi su Duke e Dora! – mi strilla Tina dalla finestra.

– Come va il lavoro, mamma? – le chiedo a cena, nella speranza che si lasci sfuggire qualche ghiotta informazione.

– A meraviglia. Dunque... che hai intenzione di fare, quest'estate? Non voglio che passi tutto il tempo in spiaggia. Chiederò al preside di procurarti i libri di testo per l'anno prossimo, così potrai portarti avanti in matematica e scienze. Di sicuro non dovrò preoccuparmi per le letture estive. Conoscendoti, le avrai finite entro il Quattro Luglio –. Non suona come un complimento.

– Oh, mamma, dimenticavo... Sabato sono invitata al compleanno di Ruby Lang. Andiamo a nuotare a Wakeby Pond e poi a cena da lei.

– Bene. Questo fine settimana ho le nozze Mobil a Ocean Edge. La sposa, Barbie Jo... veramente sarebbe Bobby Jo, però Barbie è più adatto, suo padre è un barone del petrolio di Houston... e lei è una tale prima donna! Quell'esibizionista di sua madre voleva organizzare un *bobcue* per il pranzo di nozze, e la sua degna figlia ha voluto a tutti i costi una cerimonia sulla spiaggia anche se c'è il sessanta per cento di possibilità che piova... e ora viene fuori che madamigella Bobcue ha una paura folle dei gabbiani, o meglio, della cacca dei gabbiani... ma cosa posso fare io per tenerli lontano dalla spiaggia?!

Sto per svenire. Mamma mi sta parlando di un matrimonio.

– Ovviamente – prosegue – non ho il minimo controllo sui gabbiani. Cosa vogliono che faccia?... Che assuma delle guardie del corpo per cacciarli? I gabbiani *vivono* sulla spiaggia... –. S'interrompe di botto, rendendosi conto di quello che sta facendo. – Ma ora basta con queste sciocchezze.

– No, mamma, è così interessante! Ho un'idea... Che ne dici di usare le false civette che la gente mette sul tetto per tenere lontani i gabbiani dalle case sul lungomare? Potresti piazzarle sui pali del tendone, magari vestirle con giacche a righine blu come quelle dei testimoni dello sposo. Sarebbe divertente...

– Come sai che le giacche sono a righine blu? – indaga, subito sospettosa.

Scrollo le spalle con indifferenza. – Non lo so. Ho tirato a indovinare.

– Basta così – dice mamma. – Cambiamo discorso.

– A me il tuo lavoro sembra meraviglioso. Non ti piace quello che fai? Rendere felici tutte quelle spose…

– Qui non si tratta di piacere, Willafred. È un lavoro e basta. Serve a pagare i conti. Ed è assurdo che ragazze intelligenti come te ci sbrodolino sopra e crescano sognando un Sir Galahad che arrivi al galoppo per portarle nel suo castello. Mi aspetto di meglio...

– Ma se Galahad è un bravo ragazzo, mamma? Non ci sono bravi ragazzi?

Senza degnarmi di una risposta, apre una piccola busta scritta a mano arrivata con la posta di oggi. È così romantica questa forma di comunicazione vecchio stile.

– Una cosa va detta: è un uomo tenace –. Infila la lettera insieme ai conti. – Sono in ufficio –. E se ne va.

Recupero la lettera. Il Poeta ci ha invitate per un picnic il Quattro Luglio a casa sua, e poi a vedere i fuochi d'artificio a Falmouth Harbor. Soltanto noi tre.

18. Bikini

Non è abbastanza scollato e non è abbastanza lungo…
La giacca di seta non è affatto alla moda, e la cuffia
non somiglia neanche lontanamente a quella di Sallie…
E l'ombrello è una vera delusione… so che me ne vergognerò…
Louisa May Alcott, *Piccole donne*

Sono di fronte allo specchio con indosso il costume giallo di Tina. Ho quasi tredici anni e mi serve una lente d'ingrandimento per individuare tracce di vita in zona seno. Almeno la divisa scolastica lascia spazio all'immaginazione, non come questo costume. Insomma, perché queste curve sono così importanti? È incredibile come certe ragazze si pavoneggino sporgendole fiere tutt'in fuori, neanche avessero passato la notte a esercitarsi. Eppure scambierei tutte le mie A con una B, o perfino una C, per averne un po' anch'io.

Di sicuro non posso parlarne con Stella. Forse può aiutarmi Sulamina Mum.

La trovo nell'orto, affaccendata attorno alle piante di pomodori. Quando le espongo il mio dilemma, quasi si fa saltare le cuciture del vestito dalle risate, ma appena capisce che sono seria, diventa seria anche lei. Si alza e si asciuga la fronte.

– Vieni, ragazza, facciamoci una limonata.

Io spremo i limoni mentre lei recupera zucchero, acqua fresca e ghiaccio. Dopodiché usciamo a sederci all'ombra. Mum beve una lunga sorsata e mette giù il bicchiere.

– Willa, tesoro, guarda qui –. Si solleva il seno con le mani: sembra che regga due enormi zucche. – Questa roba non è che grasso –. Ridiamo tutt'e due. – Non temere, sorellina. Spunterà anche a te. È una fortuna essere snella. Alla mia età, il seno non è altro che una scocciatura. La mia amica Glendy è dovuta andare dal chirurgo e farsi togliere quasi due chili per parte perché la schiena le faceva male a tenere su tutta quella roba. E quando Millie Mae si ferma a prendere un caffè, le tocca appoggiarlo sul tavolo per riprendere fiato –. Ci facciamo un'altra risata.

Un alito di brezza fa tintinnare le campanelle. Le parole di Mum mi fanno sentire meglio. Immagino che avere un seno piccolo non sia la fine del mondo, anche se non mi dispiacerebbe che qualcuno me ne regalasse un chiletto… mi accontenterei anche solo di mezzo etto!

Tornando a casa mi fermo in un negozio di cianfrusaglie turistiche, ma poi decido di comprare il regalo per Ruby in un posto più carino. In fin dei conti è il suo tredicesimo compleanno. Scelgo una cavigliera con al centro una pietra rossa. La commessa dice che il rubino è la pietra di luglio. Forse per questo i genitori l'hanno chiamata Ruby.

Compro anche un biglietto spiritoso, esco... e in pratica vado a sbatterle contro.

– Ehi, Willa. Ci vediamo a Wakeby domani. Indovina? Ieri sera ho telefonato a Joey: verrà! Aspetta che veda il mio nuovo bikini leopardato. L'ho scelto insieme a Wanda. Ora che sono un'adolescente devo avere un aspetto più sofisticato.

Dice "adolescente" come altri direbbero "celebrità" o "dea".

È tardi quando risalgo in camera dopo aver cucito il Tredicesimo Ingrediente Segreto nell'abito di Barbie Jo. Spero che le civette in smoking funzionino. Apro *La tela di Carlotta*, uno dei miei libri preferiti: mi piace tantissimo la faccenda delle parole tracciate sulla tela.

Non riesco a dormire. Continuo a pensare alla festa di Ruby, a come starò in costume da bagno. Poi, verso le due, ho un'idea. Mi serve soltanto qualche fazzoletto di carta.

Le ragazze sono le prime ad arrivare a Wakeby Pond. Tengo il telo da spiaggia avvolto attorno al corpo come un mantello. Mi costringo a essere gentile con Ruby, benché non faccia che vantarsi di tutti i regali ricevuti dai suoi.

– Eccoli! – squittisce Ruby, e tutte ci voltiamo a guardare.

JFK, Jess e Luke avanzano verso di noi con un'andatura sciolta da bodyguard, l'asciugamano attorno al collo, le mani strette ai due capi. Tutti e tre uguali, neanche si fossero messi d'accordo. Sono fortunati, i ragazzi: quando vanno in spiaggia a loro bastano un asciugamano e un frisbee o un pallone. Noi ragazze, invece, ci trasciniamo dietro teli, lozioni, lacca, merende...

JFK mi sorride. Quella fossetta tutta per me! Di colpo mi sento la più bella della spiaggia. Getto via l'asciugamano e sporgo il petto giallo banana. – In acqua!

Sfreccio sul pontile come una gazzella, il sole sul viso, il vento fra i capelli, gli occhi di JFK incollati alla schiena. Mi tuffo con grazia nell'acqua fredda, le bolle che mi escono dalle orecchie. Tocco il fondo, faccio una capriola e riemergo come una sirena dai lunghi capelli lisci.

E poi li vedo. Piccoli grumi di carta bianca che mi galleggiano intorno da ogni lato come ninfee intorno a un ranocchio.

Rossa come un'aragosta, torno a immergermi e, con

un guizzo degno di una foca, riemergo a parecchi metri di distanza. Sento uno scroscio di risa e mi guardo alle spalle, ma per fortuna JFK non è in vista. Forse nessuno se n'è accorto. Nuoto veloce, corro sulla sabbia e torno ad avvolgermi nell'asciugamano, le braccia incrociate sul petto come se avessi freddo. Poi chiamo Tina.

– Mi sa che mi sta venendo qualcosa – le dico. – Tieni, è il mio regalo per Ruby. Dille che mi dispiace, ma non mi sento bene, d'accordo?

Tina sa che è una bugia, ma non mi tradirà. È a questo che servono le amiche del cuore.

A casa faccio una doccia e infilo il mio pigiama preferito. Non ho voglia di leggere.

Più tardi, Tina mi telefona per raccontarmi com'è andata la festa. – Dopo cena siamo scesi nel seminterrato. Io ho giocato a football con Jess. È stato uno spasso finché Ruby ha abbassato le luci e ha detto: «Che ne dite di giocare al gioco della bottiglia?». Giuro: non si sono mai visti tre ragazzi darsela a gambe a una tale velocità.

19. Quattro Luglio per tre

E proprio al centro della ragnatela c'era scritto "Ma che fantastico Porcello!". Le parole erano intessute nella ragnatela... Un miracolo è accaduto, un segno è stato dato.
E.B. White, *La tela di Carlotta*

Il Quattro Luglio Nana ha un appuntamento con il signor Tweed.

– Andiamo semplicemente a mangiare fuori – ha detto a mamma. – Niente di speciale. Cena da Wimpy's, a Osterville, e poi a Barnsable Harbor per i fuochi d'artificio.

Non sarebbe fantastico se Nana e il signor Tweed si sposassero? Potremmo organizzare un doppio matrimonio: loro due, Stella e Sam.

Mamma sostiene di avere accettato l'invito del Poeta solo perché «tanto dobbiamo fare qualcosa il Quattro Luglio» ed è curiosa di «vedere com'è dentro quella casa», ma io non le credo. Secondo me, non riesce a togliersi Sam Gracemore dalla testa.

La cena da Sam è una cosa molto più tranquilla rispetto al picnic del Memorial Day nel giardino di casa nostra. Probabilmente perché siamo soltanto noi tre. Sam ha apparecchiato sul retro, vicino al labirinto. Sulla tavola ci sono solo candele e un semplice mazzolino di fiori rossi, bianchi e azzurri. Stella li vede e sorride.

Sam ha preparato pollo alla griglia, insalata di pasta e pomodori con basilico.

– Squisito – dice Stella, in tono quasi sorpreso.

– Grazie – replica Sam. – Mi piace cucinare.

Dopo cena, Sam ci fa fare un giro della ex Bramblebriar Inn. – Sono più di trenta stanze – spiega.

La maggior parte delle camere è chiusa da anni: i mobili sono coperti da lenzuola che li fanno somigliare a fantasmi, e dai lampadari pendono festoni di ragnatele. La vecchia casa è soffocante, sa di chiuso, però nell'aria si avverte come un fremito.

– Non avevo idea che fosse così imponente – osserva Stella. Ispeziona le stanze come un agente immobiliare, aprendo ripostigli, battendo sulle pareti, spalancando persiane. Mi sembra quasi di sentire il suo cervello ticchettare, registrando appunti. Lo so che ha in mente qualcosa.

– Io in realtà uso soltanto la cucina e lo studio a piano terra, e una camera da letto e il bagno al primo piano – dice Sam, precedendoci sulle scale ripide. Passo le unghie sulla ringhiera polverosa. – Ed ecco la mia stanza preferita – annuncia.

A differenza delle altre, questa ha l'aspetto di una stanza vissuta e curata amorevolmente. È dipinta di un vivace giallo girasole, così forte da far arretrare Stella. Lungo le pareti si susseguono scaffali di legno alti fino al soffitto e traboccanti di libri. Libri, libri, libri. Mi avvicino d'istinto: passo le dita sulle coste, respirando l'odore delle copertine di pelle, sperando di avere il tempo di leggerli dal primo all'ultimo.

– E io credevo che la mia scrivania fosse un disastro – dice Stella.

Lei e Sam ridono. La scrivania è grande quanto un tavolo da pranzo, ed è coperta da una nevicata di fogli. Altri fogli sono ammucchiati qua e là per la stanza, formando pile di varie altezze. A una parete è appesa una citazione da Shakespeare:

LA MIA LIBRERIA
ERA UN DUCATO ABBASTANZA VASTO.
La Tempesta, 1611

– Sto lavorando a un libro – confessa Sam, un po' vergognoso.

– Che scrivania stupenda – dice Stella. – Mogano.

– Apparteneva al vecchio capitano Bramble. Nei cassetti ho trovato mappe e diari di bordo.

– Interessante...

Io tengo la bocca chiusa, così loro possono continuare a parlare.

– Venite – dice il Poeta. – Voglio mostrarvi una cosa.

Ci precede in un corridoio stretto, su per una rampa di scricchiolanti gradini di legno verso un riquadro azzurro che si fa via via più luminoso. Saliamo verso il cielo. E finalmente Sam esce sulla Passeggiata della Vedova e si curva ad afferrarci le mani.

Il vento mi frusta il viso. Il panorama su Nantucket Sound è mozzafiato.

– Vedete il faro? Quello è Woods Hole –. Ce lo indica fiero. – Da quella parte c'è Falmouth. Invece Cotuit è laggiù. E vedete quella striscia di terra a destra? Quella è Martha's Vineyard –. Ha l'espressione più serena del mondo. – Non è stupendo?

– Sì – rispondo, incapace di staccare gli occhi dal suo viso. – Stupendo.

– Dovresti rimodernare questo posto, Sam – se ne esce a dire Stella nel suo tono da donna d'affari. – Potresti fare una fortuna, qui, e per tutto l'anno. Quanti camini ci sono? Nove? Dieci? Le stanze da letto più grandi potrebbero diventare appartamentini con tanto di Jacuzzi. Attirerebbe turisti come mosche, da Manhattan e Boston, tutti i fine settimana d'autunno e d'inverno. Per non parlare della stagione estiva... saresti preso d'assalto! E con tutto questo terreno e la giusta organizzazione potresti ospitare convegni, nozze...

Stella continua a blaterare, ma Sam ha preso il largo. È a milioni di miglia dalla riva. Di colpo il suo viso si rannuvola. – Mia moglie, Maggie, avrebbe amato questo posto – dice. – Mi sembra ancora di vedere Robbie che sguazza in acqua laggiù. Maggie e io parlavamo sempre di venire a vivere qui, un giorno. Era il nostro sogno. Non ce lo saremmo potuto permettere, con i nostri stipendi da insegnanti –. Rimane a lungo con lo sguardo fisso sull'acqua, poi il suo viso torna a illuminarsi. – Mia nonna amava questa vecchia casa. Quand'ero ragazzo, salivamo quassù e inventavamo storie di pirati. Ancora non riesco a credere che l'abbia lasciata a me... è stato come trovare una cassa del tesoro spinta a riva dalle onde. A volte la vita è così buona da sorprenderti.

Mamma lo guarda come se fosse lei a essere sorpresa. Tipo: "Come può dire che la vita è buona, dopo avere perso moglie e figlio?".

Siamo così vicine che la vedo deglutire. Poi volta la testa, le labbra tremanti.

A volte dimentico quante cose tiene chiuse nel cuore. Coraggio, mamma, fatti coraggio.

Il Poeta le mette una mano sulla spalla. – Lo so, Stella. Lo so. È qualcosa che in realtà non si supera mai.

Sulla faccia di mamma compare un'espressione mai vista finora. Sembrerebbe speranza.

– Devo andare in bagno – sbotto. Non mi viene in mente un altro modo per lasciarli soli. Scendo in fretta le scale e corro in giardino. Grazie. Grazie.

Più tardi, mentre andiamo a vedere i fuochi d'artificio, ci fermiamo a prendere un gelato: io scelgo un sorbetto arcobaleno, il mio preferito; Stella e Sam prendono entrambi caffè e torroncino. Mentre usciamo, mi imbatto in JFK che sta entrando con i genitori e il fratello minore, Brendan.

– Ciao, Willa – dice, imbarazzato che lo abbia sorpreso insieme alla famiglia al completo. – Vai a vedere i fuochi?

– Sì – rispondo. – Sembra una serata ideale, per i fuochi –. Osservazione idiota.

Stella e Sam parlottano sottovoce, e i genitori di JFK cercano di convincere Brendan a scegliere un gelato ("per piacere deciditi o facciamo tardi").

– Ehi, Willa, magari quest'estate potremmo andare insieme al cinema.

Ho sentito bene?!

– Sicuro. Mi piace il cinema –. Aiuto, sempre più idiota.

– Bene. Ti telefono.

– Bene – faccio eco io, e corro a raggiungere mamma e il Poeta.

Camminano fianco a fianco, chiacchierando come se fossero soli al mondo. Proprio come la sera del ricevimento, l'autunno scorso. Dai frammenti di parole che riesco a cogliere, si stanno raccontando la loro vita. Sììì! È un buon segno quando due cominciano a parlare del proprio passato. Di sicuro non si prenderebbero tanto disturbo se non vedessero l'altra persona nel proprio futuro. Mi chiedo come se la cavano Nana e il signor Tweed.

Il cielo è buio, senza una nuvola all'orizzonte. Una notte perfetta per i fuochi d'artificio. Ci facciamo largo tra la folla su Falmouth Heights Beach e allarghiamo le nostre coperte sulla sabbia. Mamma, Sam e io. Noi tre il Quattro Luglio. Come una vera famiglia. Mi chiedo dove sia JFK. Chissà quando mi telefonerà per andare al cinema.

Sam fa un sospiro profondo, soddisfatto, e si stende sulla coperta. Mamma si protende a stringermi una mano e mi strizza l'occhio. – Hai espresso un desiderio? – bisbiglia. Si riferisce alle stelle, è chiaro. Ehi, questa sì che è una cosa poetica, per Stella.

Lentamente cala il silenzio. Fissiamo tutti il cielo in attesa del primo scoppio.

Trovo la stella più grossa (probabilmente è un pianeta, ma che importanza ha!), chiudo gli occhi ed esprimo il mio desiderio. Forse, per gennaio, lo vedrò finalmente avverato.

Buuum. Buuum. Bum-buum-buum-buum. Riapro gli occhi. Rossi, verdi e gialli nuotano come acquerelli tra le mie lacrime. Non ricordo di essere mai stata così felice. Ho fuochi d'artificio nel cuore.

20. La marea cambia

Costretta a essere giudiziosa in gioventù, apprese il romanticismo con l'età: la naturale sequenza di un inizio innaturale.
Jane Austen, *Persuasione*

– Perbaccolina, tesoro, la marea sta salendo –. Nana è così felice di sentire di Stella e Sam il Quattro Luglio! Le ho anche detto di JFK e del cinema. – Ascolta, Willa, cerchiamo di non spaventare Stella proprio quando finalmente le cose tra lei e il Poeta si mettono bene. Quando uscirai con quel ragazzo, verremo anche Alexander e io. Quel che Stella *non* vede, non può metterla in agitazione... Dobbiamo andarci cauti.

Alexander? Il signor Tweed si chiama Alexander?

– Come vanno le cose fra te e *Alexander*? – chiedo in tono scherzoso, e Nana arrossisce.

– Oh, lascia perdere – replica, guardandosi attorno

per controllare che nessun cliente mi abbia sentita. Ci sono alcuni turisti, nel negozio, ma nessuno di Bramble.

Se sei un nativo del Capo, o uno che pur non essendoci nato ormai considera questo posto la propria casa, cominci a lamentarti dei turisti più o meno verso la metà di luglio. Nana li chiama i "tutto-in-affitto-subito". Dice che «guidano troppo in fretta, mangiano troppo in fretta, pretendono di essere serviti in fretta, e permettono ai loro marmocchi di infilare le loro zampe sudicie nel barattolo dei pescetti fruttosi». Sia chiaro: a Nana i bambini piacciono. Soprattutto se hanno le mani pulite.

Il turismo è un grosso affare, qui, e per lo più i turisti sono fantastici. Tutti amano Cape Cod, specialmente le sue spiagge. Nel 1961 il presidente John F. Kennedy, anche lui innamorato del Capo, istituì qui un parco nazionale: il Cape Cod National Seashore, che si stende per più di sessanta chilometri da Chatham fino a P-town (è così che chiamiamo Provincetown), con spiagge dalle dune di sabbia alte come montagne e onde incredibili. L'estate qui è splendida, e ci sono tantissime cose divertenti da fare, ma a me il Capo piace di più fuori stagione, quando i turisti se ne tornano dall'altro lato del Bourne Bridge e restiamo solo io e il mare. Il vento cancella tutto il resto e non sento altro che il mio cuore.

Buone notizie! La famiglia di Tina mi ha invitata a Saratoga per due settimane, e mamma mi lascia andare.

Finalmente l'aria salmastra sta corrodendo la sua armatura. O forse è stato il vento a spazzarle via la nebbia dal cervello. C'entri o no il clima, a partire dal Quattro Luglio per Stella la marea è cambiata. A quanto pare, i fuochi d'artificio hanno funzionato!

Stella e Sam escono insieme quasi ogni giorno: in barca a vela, in bici, in kayak... E quasi ogni sera vanno insieme al cinema, a teatro, a un concerto. Sperimentano tutti i nuovi ristoranti alla moda e quelli più tradizionali. Mum ha detto di averli visti a colazione da Moonakis, e Tina giura che i suoi genitori li hanno sorpresi a cantare un duetto la sera del karaoke da Liam Maguire. Quanto avrei voluto essere una mosca per vederli!

L'altra sera, dopo che il Wellfleet Wing ci ha stracciato nell'ultima partita della stagione, mi sono fatta in fretta la doccia per raggiungere Sam e Stella in giardino: avevamo in programma di andare in città a prenderci un gelato. Scendendo le scale, ho sentito della musica jazz e, guardando attraverso la finestra, li ho visti ballare nel portico. Mamma poggiava la testa sul petto di Sam. Bene. Molto bene. E poi Stella ha alzato lo sguardo e Sam l'ha baciata.

Oggi Stella si è svegliata presto e ha preparato un cestino da picnic. Prenderanno il traghetto per Nantucket, una deliziosa, romantica isoletta. Il posto perfetto per fidanzarsi.

Nana e io finiamo di pesare il dolce alla cioccolata e poi incartiamo gli ultimi pezzi delle sue nuove caramelle: Estate Sì-Estate No. Secondo lei sanno di lozione solare al cocco. Secondo me, di sudore. Quando Kristen e Amy, le sue commesse preferite, arrivano per il turno serale, Nana e io andiamo a casa.

Mi piace restare a dormire da Nana. Tiene una stanza solo per me, con vaporose tende color violetta e una trapunta fatta da lei. Sul letto ci sono cuscini imbottiti di lavanda. Ogni volta che sento profumo di lavanda, penso a Nana.

Apro l'acqua nel lavandino della cucina e comincio a pulire le vongole raccolte durante la bassa marea. Ecco un altro fondamentale argomento di conversazione per gli abitanti del Capo: alta marea e bassa marea. Lo so: c'è tutta una spiegazione scientifica sull'attrazione gravitazionale tra luna e sole che provoca l'alzarsi e l'abbassarsi dell'oceano due volte al giorno eccetera eccetera, ma... insomma, per le lezioni di scienze c'è già la scuola. Quello che conta è che l'alta marea abbatte i castelli di sabbia, ma le onde sono migliori per surfare. E con la bassa marea puoi spingerti fino alle secche e raccogliere vongole per farci la vongolata (qui sul Capo non diciamo "zuppa di vongole" ma "vongolata"). Stasera verrà a cena il signor Tweed, e la vongolata è il suo piatto preferito.

Nana mette su un po' di musica. Mentre apparecchia canta *My Funny Valentine*. Si è messa il rossetto e una graziosa camicetta color sedano. Non l'ho mai vista così giovane e così felice. Mi sa che Nana e il signor Tweed sono innamorati. Non ho saputo nulla dell'appuntamento del Quattro Luglio, però so che ogni giorno si incontrano per pranzo nel parco davanti ai loro negozi. Una volta Tina e io li abbiamo visti che si tenevano per mano.

– Hai ragione, Nana –. Comincio a pelare le patate. – L'aria salmastra ha corroso l'armatura di Stella. Il Quattro Luglio è stato magnifico.

– È un bene che tu vada con Tina per un paio di settimane – dice lei. – Così i due piccioncini potranno passare un po' di tempo da soli. Tu scommetti sui cavalli a Saratoga, e io scommetterò su Stella e Sam.

Poi accende il fornello e mette a cuocere le vongole. Io separo le strisce di pancetta sulla griglia con un forchettone, mentre il grasso sfrigola.

Mmm, che buon profumo.

Barattoli di spezie, gli ingredienti segreti di Nana, sono in attesa sul bancone. Oltre a vento, clima, turisti e marea, l'altro argomento di conversazione sul Capo è la vongolata. Ognuno ha la sua ricetta speciale, ma quella di Nana è la mia preferita. In teoria è supersegreta, ma dopo tanti anni la conosco a memoria.

Dopo cena pedalo fino alla spiaggia per guardare il tramonto. È un momento magico quando vedi il primissimo barlume di luce affacciarsi sul mare all'alba, o l'ultima scheggia arancione scivolare sotto l'orizzonte per lasciare il posto alla notte. Un momento pieno di speranza. Un giorno o l'altro, quando troverò le parole giuste, voglio scrivere di questo posto.

Mi inginocchio e traccio UN GIORNO sulla sabbia. Ricordo quando Sam ci ha parlato della *Tela di Carlotta*, di come Carlotta il ragno scrisse: "Ma che fantastico Porcello!" e aiutò il suo amico Wilbur. «A volte» ha detto Sam «poche parole giuste al momento giusto possono cambiare la vita di una persona». O, nel caso di Wilbur, di un porcello.

21. Soltanto un film

Qualunque cosa tu faccia, non credere che io sia innamorata di Peter… nient'affatto!
Il diario di Anna Frank

– Ti serve qualcosa di carino – dice Tina, facendo scorrere gli appendiabiti con fare esperto. La signora Belle ci ha accompagnate a Mashpee Commons, e sto cercando qualcosa da mettermi per sabato, quando andremo al cinema con JFK e Jess. Cioè, è Tina che cerca. Io non saprei da che parte cominciare. Tina ha già il suo completo steso sul letto. L'ha tirato fuori appena Jess Farrelly le ha telefonato. Usciremo tutti e quattro assieme.

– Che carino, un doppio appuntamento – ha detto la signora Belle.

– Andiamo solo a vedere un film – ha replicato Tina, e mi ha strizzato l'occhio.

Pensavo di parlarne a Stella... ultimamente è così felice e non accenna alle regole da settimane, ma Tina mi ha consigliato di non rischiare.

Nana è d'accordo con lei. – Conosco i Kennelly da un pezzo. Sono una buona famiglia irlandese, e di sicuro Joey è un bravo ragazzo. Ma attieniti al piano, tesoro. E non preoccuparti, non vi staremo fra i piedi, Alexander e io.

Il film inizia alle quattro, poi andremo a farci una pizza da Zoe.

Tina sceglie una minigonna color mattone e una maglietta girocollo blu mare. – Ecco – dice. – Joey non ti ha vista al Ballo delle Lucciole. Questa ha quasi lo stesso colore del tuo bel vestito.

Andiamo nel camerino. Concordo: è l'abbigliamento giusto. Più tardi da Tina proviamo sandali e gioielli. Tina cerca anche di aiutarmi con i capelli.

Quando torno a casa, Stella e Sam sono seduti sotto il portico. Stella mi versa del tè freddo. – Che ne dici di una partita a croquet?

– Sì! – accetto io. Giochiamo finché compaiono le lucciole.

Dopo che Sam se ne è andato, mamma bussa alla porta della mia stanza. Sto provando i miei nuovi acquisti e non ho tempo di cambiarmi. – Avanti.

– Stai bene – mi dice.

– Grazie. Oggi la signora Belle ci ha portate a fare compere. Qualcosa di nuovo per Saratoga. Spero che vada bene.

Stella mi guarda come se fosse dispiaciuta per qualcosa. – Certo che va bene –. Si siede sul letto, sfiora con una mano la mia pila di libri, prende il koala di stoffa che ho da quand'ero piccola, lo rimette giù, si guarda attorno. Non ricordo l'ultima volta che lo ha fatto. Sedersi sul mio letto così, semplicemente.

Mi siedo accanto a lei.

– Tra poco compirai tredici anni – dice.

Restiamo sedute in silenzio. Sento che vorrebbe proseguire la conversazione, ma per lei non è facile. Decido di correre il rischio.

– Mamma, adesso che sono un po' più grande, tanti a scuola cominciano a uscire assieme, tipo al cinema, sai, in gruppo. Non come un appuntamento. Solo al cinema e magari a mangiare una pizza.

– Quando? – chiede lei. Come se sapesse già tutto.

– Sabato prossimo. Allo spettacolo delle quattro. Poi da Zoe per una pizza. Ci saranno Tina e Jess Farrelly e Joseph Kennelly... e Nana e il signor Tweed.

Mamma sgrana gli occhi e ride. – E perché anche Nana?

– Ecco, pensava che se tu avessi saputo...

– Nessun problema, puoi andare. È estate, e hai quasi

tredici anni. Possiamo allentare un po' le regole. Hai lavorato sodo per tutto l'anno, Willafred, e sono fiera di te. Io sono impegnata con un matrimonio, ma a patto che tu non salga sull'auto di nessuno e torni a casa per le dieci... puoi andare.

Oooh.

Avrei voglia di piangere, di abbracciarla, ma non voglio farla troppo lunga per timore che cambi idea, così mi limito a dire: – Grazie, mamma.

– Graziosa, questa camicetta – dice, rialzandosi. – Si intona ai tuoi occhi.

Sabato pomeriggio. JFK e Jess passano a prendermi da Dolcetti Perfetti. Nana ci infila in mano interi sacchetti di caramelle. – Al cinema le fanno pagare una fortuna. Divertitevi!

Passiamo a prendere Tina, e quasi muoio dall'imbarazzo quando la signora Belle ci fa la foto. Neanche andassimo al ballo del liceo.

Al cinema i ragazzi comprano i biglietti, e dato che io ho portato i dolci, Tina offre a tutti popcorn e gazzosa. Finiamo i popcorn prima che inizi il film. Quando la luce si spegne, prendo fiato. Non è un appuntamento, è solo un film.

È divertente, e ci sbellichiamo tutti dalle risate. Ma quando a un certo punto la protagonista scopre che suo padre non è morto, ma che è il duca di uno staterello europeo e che lei in realtà è una principessa, e finalmente si ritrovano, e vivranno per sempre felici e contenti, e lei dice: «Oh, papà. Sapevo che saresti tornato da me» e lui la prende fra le braccia e la fa piroettare per tutta la stanza… Un singhiozzo mi sale in gola e lì si blocca. Rumorosamente.

JFK mi stringe la mano e sussurra: – Va tutto bene, Willa?

– Sì, scusa, tutto bene.

Continua a stringermi la mano.

Dopo il cinema andiamo da Zoe, come da programma. Il cielo non ha mai avuto tante stelle.

Quella sera scrivo la prima pagina del diario che ho comprato in città (dopo aver visto quello di Sam, ho deciso che ne volevo uno anch'io). E neanche ci penso, a dirvi che cosa ho scritto. Quelle parole sono soltanto per me. Un giorno lo sfoglierò e leggerò chi ero a quasi tredici anni.

Avete mai letto il diario di Anna Frank? Quando aveva appena tredici anni, la sua famiglia, come molte altre famiglie ebree, dovette nascondersi in un minuscolo ripostiglio segreto per sfuggire ai nazisti. Alla fine, però, gli uomini di Hitler li trovarono. Anna morì in un campo di concentramento poco prima del suo sedicesimo compleanno. Però vive ancora attraverso le parole che ha scritto. Leggendo il suo diario, continuo a pensare che era una ragazzina, proprio come me. Che litigava con la madre e si preoccupava del suo aspetto, proprio come me. Che aveva un ragazzo che le piaceva e che riuscì a passare tanto tempo da sola con lui. Sarebbe bello che JFK e io...

Mamma bussa alla porta e mi fa fare un salto. – Sì?

Apre, mi sorride. – Che nottambula! Non restare sveglia ancora per molto, va bene?

Eccome, se si sta ammorbidendo! Potrei perfino sentire la sua mancanza mentre sono via. Di sicuro mi mancheranno le indagini quotidiane per scoprire qualcosa sul matrimonio supersegreto di Duke e Dora il fine settimana del Labor Day. Però non vedo l'ora di essere a Saratoga con Tina. Non vedo l'ora di avere fra le mani "La scelta dei Piccoli" e di assistere alle corse di cavalli e vedere le ballerine che bevono limonata.

22. vacanze estive

Quando danzi, vorrei che tu fossi un'onda del mare,
che tu continuassi a fare nient'altro che quello.
William Shakespeare, *Racconto d'inverno*

Non è bella?

Ce l'ha letta Sam in classe, e ho deciso di trascriverla nel mio diario. Sam ha commentato: – Nessuno amava le parole come il vecchio Will. Continuiamo a citarlo ancora dopo quattro secoli.

Quando abbiamo riattraversato il ponte tornando da Saratoga, il vento mi ha salutato. *Svelta, Willa, sei in ritardo per il ballo.*

È incredibile: quando uno non c'è succedono sempre un sacco di cose.

– La Principessa e il Poeta sono rosolati al punto giusto, e non esagero –. Nana dice che l'intera Bramble parla di Stella e Sam. – Tutti si chiedono quando l'Organizzanozze comincerà a organizzare le proprie di nozze.

Ma non è questa la notizia più grossa. Nana e il signor Tweed si sono fidanzati!

– Una sera siamo andati a Sandy Beach per un picnic – ha raccontato Nana. – Batuffolo e Pezza stavano giocando. Quella gatta è un po' tonta: sembra non rendersi conto che Pezza è un cane. Insomma, mi sono voltata per prendergli i biscotti d'avena e, quando mi sono rigirata, ecco Alexander con una scatolina di velluto in mano e gli occhi lucidi. Lì per lì ho pensato: «No, sono troppo vecchia per queste cose». Tuo nonno è stato il mio grande amore e insieme abbiamo avuto una vita lunga e felice. Ma poi Alexander ha detto... fammi ricordare le parole esatte... ha detto: «Cammina con me ogni giorno in riva al mare, Violet. Il mio cuore è tuo. Vuoi sposarmi?».

Non è poetico? E ora il signor Tweed sarà mio nonno per davvero! Però l'anno prossimo non ci sarà bisogno che mi accompagni lui alla Merenda Padri e Figlie. So, lo so e basta, che per allora Sam sarà mio padre.

Ma non è ancora finita... domani si sposano Duke e Dora! Tina è così elettrizzata che temo le venga un infarto. Sarà una cerimonia fantastica.

La sera stessa del mio ritorno da Saratoga sono scesa di nascosto nello studio. I Dodici Ingredienti Perfetti erano in bella mostra sui cavalletti. L'abito di Dora (Candi) è «di seta bianca Duchessa di York, con cristalli Swarowski attorno alla scollatura a cuore». La coppia «pronuncerà il "sì" sullo sfondo mozzafiato del sole scarlatto che tramonta nello Stretto».

Il ricevimento si terrà sulla spiaggia, sotto appositi tendoni a strisce oro e bianco. Mamma ha fatto rimuovere le alghe dalle gru fino a trenta metri da riva, in modo che neanche mezza alga possa contaminare la sabbia rastrellata di fresco. Civette di plastica in smoking (Stella continua a sfruttare la mia brillante idea) sono piazzate in punti strategici per tenere alla larga i gabbiani. E nel caso si annuvoli, migliaia di lucine ammiccanti sono state appese da un capo all'altro della spiaggia così che, nuvole o no, gli sposi possano «danzare sotto le stelle». Sentinelle saranno posizionate attorno all'intero perimetro per tenere lontano eventuali, improbabili spettatori indesiderati.

La cena, a base di code di aragosta e filet mignon, sarà allietata dalla musica della Boston Symphony Orchestra, parcheggiata su un veliero bianco ancorato vicino alla riva. Più tardi saliranno in scena gli Svitati del Miglio Rosso (Tina dice che Scotto, il batterista ungherese, è uno dei migliori amici di Duke). Il gran finale sarà uno spettacolo di fuochi d'artificio sullo Stretto, quando in cielo si formerà la scritta arcobaleno: CANDI E RANDY, INSIEME PER SEMPRE.

E chissà come (soltanto lei poteva riuscirci), Stella ha saputo mantenere il segreto. Tutti i suoi collaboratori hanno dovuto giurare di tenere la bocca cucita, pena il licenziamento. I fornitori dovranno stare zitti o Stella non lavorerà mai più con loro. Duke e Dora hanno insistito sulla privacy, e l'Organizzanozze non ha intenzione di deluderli.

– Allora, come facciamo a intrufolarci? – chiede Tina. Ci stiamo godendo un ultimo lungo giorno in spiaggia prima che inizi la scuola.

– Ci vestiremo come qualcuno che ha tutto il diritto di stare lì – rispondo. – Basterà tenersi alla larga da Stella. Se qualcuno fa domande, io sono la figlia dell'Organizzanozze e tu una mia amica, e siamo lì per dare una mano alla signora Havisham. Chi vuoi che ci butti fuori? Sono la figlia dell'Organizzanozze, giusto?

– È così emozionante – squittisce Tina. – Devo assolutamente avere il loro autografo.

– No! Se lo fai, capiranno che non abbiamo il diritto di stare lì.

– D'accordo. Va bene. Il tuo segreto sarà al sicuro.

Proprio mentre stiamo lasciando la spiaggia, compare Joseph Kennelly.

– A più tardi, Willa – dice Tina. – Devo scappare –. Prima di correre via, mi fa un cenno alle spalle di JFK.

– Ciao, Willa.

– Ciao, Joseph –. Ho le farfalle nello stomaco. – Com'è andata l'estate?

– Bene. Ho lavorato come portamazze al campo di golf di Willowbend, e ho messo insieme qualche spicciolo. E poi ho fatto un po' di baseball, calcio, windsurf. Ho pescato una spigola di dodici chili. E tu?

– Tina e io siamo andate all'ippodromo di Saratoga con i suoi genitori. I cavalli erano belli. Siamo scese nel recinto e abbiamo sentito gli allenatori che parlavano con loro prima della corsa. Il signor Belle ci ha insegnato a scommettere: sai, "vincente", "piazzato"... Ho centrato un paio di vincenti.

JFK sorride (ancora quella fossetta…) e dice: – Facciamo quattro passi?

Le onde dell'oceano scompaiono davanti all'ondata che mi sale nello stomaco. Ci dirigiamo verso Popponesset Spit. Continua a respirare, Willa, e cerca di non dire scemenze. I piedi di JFK sembrano così grandi in confronto ai miei. È diventato più alto, durante l'estate, e con l'abbronzatura i suoi occhi sembrano più azzurri. Probabilmente, penso, anche i miei.

Sono le quattro passate e la marea sta salendo. Mi sposto per evitare un'onda e il mio braccio sfiora il suo. Mi viene la pelle d'oca. Guardo la sabbia, l'acqua, tutto tranne lui.

JFK mi prende per mano, come niente fosse, e continuiamo a camminare. Lì per lì mi fa un effetto strano, ma poi accordo il mio passo al suo e camminare-mano-nella-mano diventa facile.

Parliamo della scuola. Del calcio. Delle barche che passano. JFK raccoglie un pezzo di legno portato a riva dalla marea. Io raccolgo una conchiglia arancione. Dopo un po' smettiamo di parlare, però continuiamo a camminare. Abbiamo già esaurito gli argomenti di conversazione? Coraggio, Willa, pensa.

Quando raggiungiamo la fine della lingua di terra, il vento torna ad alzarsi e uno stormo di gabbiani decolla rumorosamente, disturbato dalla nostra presenza. Ci fermiamo e ci guardiamo attorno. È così tranquillo, qui. Ci siamo soltanto noi, il cielo, l'acqua, la sabbia. JFK mi chiede se mi va di sedermi.

– Quella sera al cinema mi hai preoccupato, sai, Willa. Dev'essere duro non avere un padre. Mamma mi ha detto com'è morto.

– Oh, tutto a posto – balbetto.

Di punto in bianco mi bacia sulla guancia. – Devo rientrare – dice.

– Sì, anch'io.

Il vento cala mentre facciamo dietrofront e torniamo verso il lato riparato della baia. Camminiamo in fretta, senza più tenerci per mano. Un motoscafo pieno di adolescenti sfreccia vicino a riva; ci raggiunge la risata squillante di una ragazza in costume rosso.

– Che mi dici del lavoro di tua madre? Dev'essere divertente organizzare matrimoni.

– Oh, beh, certo – farfuglio, sollevata all'idea di poter dire qualcosa. – È uno spasso aiutarla. E sai quella soap... *Giovani per sempre*? Beh, Duke e Dora... cioè, Candi Star e Randy Love... beh domani si sposeranno proprio qui sul Capo, e siamo noi a occuparci delle nozze...

– Davvero? Forte!

Nooo!!! Che ho fatto?! – No, un momento... Questo è un segreto-segretissimo, Joseph! Non vogliono ritrovarsi fra i piedi una folla di ammiratori e telecamere! Non devi dirlo a nessuno...

Tornando a casa mi fermo da Mum. Quando mi vede, le s'illumina il viso come se avesse aspettato tutto il giorno che comparisse il sole, e finalmente eccolo qui. – Bentornata! Grandi novità, in tua assenza! Tua nonna e Alexander!!! Sono così contenta per loro. E tua mamma e Sam! Domenica scorsa sono venuti alla CUB. Hai visto, Willa? Va tutto bene. L'amore ha esercitato la sua magia.

Sulla Bacheca di Bramble c'è una nuova citazione:

NIENTE HA SENSO, A MENO DI AMARE QUALCUNO.

e.e. cummings

Mamma e Sam ridono sotto il portico. – Vuoi venire a cena con noi? – chiede Sam. – Andiamo a Chatham, all'Ostrica Sfacciata.

– No, grazie, sono stanca. Mi farò un panino –. Corro a scrivere tutto nel diario, poi mi sdraio sul letto ripassando istante per istante la nostra passeggiata sulla spiaggia.

Più tardi, quella notte, prendo la torcia elettrica e scendo nell'ufficio per aggiungere il Tredicesimo Ingrediente Segreto allo sfarzoso abito di Dora. Sono nervosa. È un matrimonio così importante. Fa caldo e ho le mani appiccicose. Sento un rumore di sopra: finisco in fretta di cucire. Ho aggiunto una dose extra dell'ingrediente segreto perché so che i matrimoni delle celebrità in genere non durano a lungo, e forse Duke e Dora avranno bisogno di una dose extra di fortuna. Non è la mia migliore opera di cucito, ma che importa? Nessuno si metterà a esaminare l'orlo.

23. L'ingrediente segreto

Nel giardino! Ma la porta è chiusa e la chiave sepolta chissà dove.
Frances Hodgson Burnett, *Il giardino segreto*

– Willafred, ricordati che stasera rimani da Nana – dice mamma. – Io devo occuparmi di un matrimonio. Farò tardi.

È il giorno delle nozze di Duke e Dora. Lo spettacolo inizia alle sei in punto del pomeriggio. Sul Capo settembre sa ancora d'estate. Mamma non avrà bisogno di tutte quelle lucine scintillanti: il cielo è limpido, e stanotte brilleranno le stelle.

– Il matrimonio di chi? – chiedo disinvolta. Quest'estate abbiamo fatto tanti progressi che forse verrà meno alla Regola n. 7 e mi permetterà di assistere a uno dei suoi matrimoni.

Smette di scrivere e alza gli occhi. – Due attori di città. Non li conosci.

Guardo fuori dalla finestra, verso il labirinto. Il giardino è in fiore. Sam sta riempiendo una vaschetta d'acqua per gli uccelli. Decido di correre un altro rischio. Uno grosso. – Certo che li conosco. Duke e Dora sono famosi. Tutti conoscono *Giovani per sempre* –. Mi fischiano le orecchie. Mi sembra quasi di sentire Nana che strilla: «Willa, sei ammattita?!». – Ti ho sentita che parlavi al telefono, mesi fa. Duke e Dora sono gli attori preferiti di Tina –. E parto in quarta, a testa bassa, dicendo che Tina e io moriamo dalla voglia di imbucarci al ricevimento... e non potremmo mettere i nostri bei vestiti delle Lucciole e, che so, darle una mano come se fossimo Organizzanozze-apprendiste?

Questo sì che è troppo. Stella si irrigidisce e mi liquida in tono glaciale: – Scordatelo, Willafred –. Dopodiché gira sui tacchi e fa per andarsene.

– Ti prego, mamma. Solo per questa volta?

– No, Willafred. Conosci le regole. Non ho intenzione di coinvolgerti nel mio lavoro. So cosa succederebbe: prima questo matrimonio, poi il prossimo, poi quello dopo ancora, e alla fine ti ritroveresti a fantasticare durante la lezione di geometria, a dormire durante quella di scienze, a divorare stupide riviste di moda, a sbavare su attorucoli e a sprecare la tua vita in attesa di un cavaliere dall'armatura scintillante... no, no e poi no. Non è questo che voglio, Willafred. Nutro grandi speranze, per te.

– Sì mamma, e anch'io. Ma perché una vita deve cancellare l'altra? Non si può essere intelligenti e affascinanti? Tu lo sei. Perché non vuoi che ti somigli? Ti prego! Tina è la mia amica del cuore. Ci resterà così male...

– Oh nooo, Willafred... Ti prego, giurami che Tina non l'ha detto a nessuno! Dev'essere una cerimonia privatissima. Ho fatto tanto per mantenere il segreto...

– Tina non l'ha detto ad anima viva. Giuro. Me l'ha promesso.

Stella sospira e guarda l'orologio. – Svelta, prendi la tua roba. Ti accompagno da Nana. Ho ancora un milione di cose da fare.

– Ma...

– No. La discussione è chiusa. E se osi disobbedirmi e ti avvicini anche solo di un paio di chilometri alla cerimonia, resti in punizione fino a Natale.

Sono furibonda con mamma, ma ancora più furibonda con me stessa perché sto piangendo. Decido di rischiare il tutto per tutto. – Vorrei non avere aggiunto l'ingrediente segreto, la notte scorsa! – grido. – Sono io il segreto del tuo successo, e tu non lo sai!

– Che ingrediente segreto? – chiede lei con voce stanca. – Di che parli?

Ora tutto verrà fuori. Finalmente capirà...

Ma poi mi rendo conto che non le interessa la risposta. Sta già radunando le sue carte. Sono uscita dal suo schermo radar. Non è più mia madre: è la signora Havisham, l'Organizzanozze, e non ha importanza che io sia sua figlia.

Quando entro nel negozio di corsa, in lacrime, Nana sta lavorando a una nuova caramella marinara. Le racconto cos'è successo, e lei batte un pugno sul bancone, attirando l'attenzione indesiderata di alcuni clienti. Abbassa la voce. – A Stella farebbe bene un calcio nel didietro. Regole, che idiozie! Assisterai a quel matrimonio, Willa. Ti accompagnerò io stessa. E questo è quanto.

– No, Nana, per piacere. Servirebbe solo a farla arrabbiare ancora di più, e le cose con il Poeta vanno così bene e...

– Binocoli – mi interrompe Nana.

– Come?

– Binocoli. Tu e Tina prendete una coperta, due paia di binocoli, e andate a fare un picnic serale sulle dune. Da lassù potrete vedere tutto. Aspetta, ti preparo un cestino –. Va nella cucina sul retro e ne riemerge con panini, gazzosa, patatine e un pacchetto di caramelle.

– Dimmi che ne pensi di queste, Willa. Si chiamano Bramblebacche.

Scarto l'involucro rosa e m'infilo in bocca una caramella. – Mmm, perfetta. Con questa vincerai di sicuro.

24. Le nozze di Duke e Dora

Non mi aspetto di essere anch'io una sposa… Però un giorno spero di avere un abito bianco… Mi piacciono i bei vestiti, tutto qui.
Lucy Maud Montgomery, *Anna dai capelli rossi*

– Non posso crederci, Willa! –. Tina ce l'ha con me perché ho spifferato tutto a mamma. Si era già agghindata a puntino nel suo abito color cocomero delle Lucciole. Ha perfino scarpe e borsetta color cocomero. Si è arricciata i capelli e si è spalmata sulle labbra strati di rossetto color cocomero.

Le dico del suggerimento di Nana, e dato che niente potrebbe impedirle di vedere la cerimonia, accetta di rinunciare all'eleganza.

Ci travestiamo con occhiali da sole e cappelli da pescatore, e Tina recupera i binocoli che abbiamo usato per seguire le corse dei cavalli.

– Portatevi dietro lo spray anti-insetti – ci raccomanda la signora Belle. – Di sera le pulci di mare s'incattiviscono.

Finalmente usciamo. Non siamo arrivate neanche in fondo alla strada che Ruby Lagna svolta l'angolo. Si è messa la cavigliera che le ho regalato per il compleanno.

– Ciao, ragazze – ci saluta, squadrandoci da capo a piedi. Tina e io ci leviamo all'unisono i cappelli da pescatore. – Dove andate?

– In spiaggia a guardare il tramonto –. Sotto pressione, i riflessi di Tina sono fulminei.

– Ma manca solo mezz'ora –. La Lagna fiuta una bugia. – Non arriverete in tempo.

– Ci accompagna in auto la nonna di Willa. Ci vediamo a scuola, Ruby –. Ce la svigniamo più veloci di due rapinatori di banca. Mi volto a guardare, ma Ruby è sparita. E se ci pedinasse?

– Sbrigati, Willa – grida Tina. – Voglio vederli baciarsi dopo il "sì".

La prima cosa che vedo quando siamo vicine alla spiaggia sono i camion.

NBC, ABC, CBS, CNN, ENTERTAINMENT TONIGHT. Oh no! Ci sono *tutte* le reti televisive! Come hanno fatto a scoprirlo?

Mi volto a fulminare Tina con gli occhi.

– Non sono stata io, Willa. Giuro. Non l'ho detto a nessuno.

– Sicuro? Neanche ai tuoi genitori o...

– No. A nessuno.

– Ma Tina, io l'ho detto soltanto a te...

– Forse Ruby è riuscita a scoprirlo. Forse ci ha sentite parlare.

– Mamma mi ucciderà!

Molliamo le bici e risaliamo di corsa le dune, schizzando sabbia dappertutto. Sulla cima ci fermiamo e guardiamo in basso. Sulla spiaggia ci sono centinaia di persone, elegantissime in abito da sera. La brezza marina gonfia i tendoni bianco e oro. Il sole sta per tramontare. La signora Havisham ha superato se stessa. Regolo il binocolo e scruto la folla, cercando Stella. – Guarda, Tina! Quello con lo smoking nero è Duke.

– Mamma mia, mamma mia... – strilla Tina, così eccitata che quasi rotola giù dalla duna. – Non è stupendo?

Continuo a cercare, e finalmente individuo mamma. Non sembra felice. Sta latrando contro un'orda di fotografi spediti probabilmente da ogni rivista del Paese. Mi dispiace tanto per lei. Ce l'aveva messa tutta per mantenere il segreto. Tina continua a cercare Dora, ma io tengo il binocolo fisso su Stella. La vedo controllare l'agenda e impartire ordini rapidi ai suoi collaboratori, che si affrettano a obbedire.

All'improvviso, tutto tace. L'orchestra attacca.

– Ecco Dora! – strilla Tina.

I bagliori dei cristalli sull'abito di Dora arrivano fin quassù. Mentre i flash lampeggiano e le telecamere filmano, Dora avanza verso Duke.

– È come alla tv, anzi molto meglio – mugola Tina.

L'aria è tiepida, il vento una brezza delicata, le onde sciabordano gentilmente contro il pontile. Le facce sorridenti degli invitati risplendono alla luce delle candele. Le bambine spargifiori spargono petali sul sentiero. Le damigelle in abiti dorati luccicanti recano ognuna una candida rosa a stelo lungo.

Quando la sposa appare sotto l'arcata, i flash scattano. Tutti gli occhi sono puntati su Candi che avanza verso Randy, in attesa come un principe sulla riva del mare, sullo sfondo radioso del tramonto.

È il capolavoro della signora Havisham.

– È perfetto – dice Tina. – Dopo questa cerimonia tua madre sarà famosa.

Tutti gli occhi sono puntati su Dora, che sorride a Duke. Anche Duke le sorride. Dora è a metà strada. Di colpo smette di sorridere. Si ferma, solleva il tacco della scarpetta candida e si gratta la caviglia sinistra. Ancora qualche passo, e di nuovo si ferma per grattarsi. Strano.

Finalmente raggiunge Duke e si prendono per mano. La cerimonia ha inizio. Tutto sembra filare liscio... e poi

Dora si china e si gratta di nuovo la caviglia. Dice qualcosa a Duke. E dopo un po' torna a grattarsi.

– Che fa? – protesta Tina. – Non è per niente fascinosa.

Duke si protende verso il celebrante e gli sussurra qualcosa. La cerimonia procede in fretta. Gli sposi si baciano. – Oooooh – mugola Tina. Un'ondata di applausi si leva dalla folla, s'innalza fino alle dune. L'orchestra attacca la sigla di *Giovani per sempre*, e la coppia felice si dirige verso il tendone del ricevimento, sorridendo e salutando gli ospiti che agitano stelline scoppiettanti fornite dall'Organizzanozze.

All'improvviso, con un urlo che farebbe invidia alla protagonista di un film dell'orrore, Candi (Dora) Star Love crolla sulla sabbia, tira su il vestito e si gratta freneticamente le gambe. Non ne sono sicura, ma sembra che stia stracciando l'orlo dell'abito. Si gratta le caviglie, i polpacci, le ginocchia. Singhiozzando.

– Ma che le succede… –. Tina è quasi in lacrime anche lei.

Duke sembra furibondo. Chiama qualcuno. Gli invitati si affollano attorno agli sposi. La sposa è isterica. Urla qualcosa. Perlustro ansiosa la spiaggia alla ricerca di Stella. La trovo. Sta schiaffeggiando un giornalista! Oh no. È terribile.

Che succede?

25. I bauli rossi

Nel piccolo mondo che racchiude la vita dei bambini… niente è percepito in modo così distinto e così vivo quanto l'ingiustizia.
Charles Dickens, *Grandi speranze*

– Ma come ti è saltato in testa di fare una cosa del genere? Sei impazzita?! –. È il pomeriggio del giorno successivo al matrimonio di Duke e Dora, e Stella non ha smesso un minuto di dare in escandescenze.

Mi sforzo di parlare con calma. – L'ho fatto per anni, mamma. Per tutte le tue spose. È il Tredicesimo Ingrediente Segreto.

Stella strilla come un gabbiano intrappolato in una rete. Cammina avanti e indietro per la stanza, scuote la testa, sbatte una mappa sul tavolo, e ha tutta l'aria di chi sta per avere un attacco isterico.

– Hai cucito noccioli di ciliegia nei vestiti delle mie

spose? – urla, fissandomi con gli occhi sbarrati. – Ma... perché!?!

– Perché, anche se le cerimonie erano perfette, tu ci cucivi dentro la tua tristezza, come un incantesimo. Non te ne rendevi conto, lo so, e non lo facevi apposta, ma il giorno dopo le nozze tutte le tue spose si mettevano a piangere e...

– CHE COSA? Tu sei pazza! –. Stella è paonazza dalla collera. – Basta così! –. Schizza in camera sua sbattendosi la porta alle spalle.

Presumo di dovervi qualche spiegazione. Sembra che le pulci di mare abbiano banchettato con i noccioli cuciti nell'orlo dell'abito nuziale di Dora, e dopo non abbiano resistito alla tentazione di assaggiare anche la sposa. Dora ha retto finché ha potuto, ma alla fine non ce l'ha più fatta e si è accasciata in lacrime sulla spiaggia, col mascara che le colava sulle guance, urlando: – Dov'è l'Organizzanozzeeee?!

Naturalmente, era quello che si chiedeva ogni giornalista del Paese.

Chi aveva rovinato le nozze della più amata "fidanzata d'America"?

Il giorno dopo, le foto di Dora che si grattava sulla sabbia come un gatto pulcioso occupavano le prime pagine di tutti i giornali. In seguito sarebbero apparse sulle riviste. Anche la televisione si era lanciata su quella ghiotta notizia. Continuavano a trasmettere la scena, con la sigla di *Giovani per sempre* in sottofondo.

Busso piano alla porta di mamma, la apro. È sul letto, singhiozzante.

– È un disastro, Willafred. Il mio lavoro è rovinato. Sarò la barzelletta di Cape Cod. Scommetto che, prima di domani, la storia arriverà a Chatham e a P-town, e a Truro, Wellfleet, Eastham, Brewster, Dennis, Yarmouth e Barnstable, fino a Boston. Questa gente ha la memoria di Moby Dick. Non sopporto l'idea di essere l'argomento dei loro pettegolezzi. Ce ne andremo appena sarò riuscita a vendere questa casa. Con i matrimoni ho chiuso. Ci sistemeremo da qualche altra parte e mi occuperò di contabilità o...

– No, mamma... ti prego –. Mi siedo sul letto. Il cuore mi batte tanto che temo possa scoppiarmi da un momento all'altro. – Non possiamo lasciare Bramble. È la nostra casa. Va tutto così bene e...

– Mi trascineranno in tribunale, Willafred. La signora Love sostiene di essere stata danneggiata in modo irreparabile, professionalmente e moralmente. Mi auguro solo di non finire sul lastrico. È un disastro. Come hai potuto essere così sciocca? Noccioli di ciliegia negli abiti da sposa! Esattamente il genere di stupide fantasticherie che volevo evitare. Nutro grandi speranze per te, Willafred. È stato un errore venire qui. Ovviamente Nana non fa che incoraggiarti. E poi c'è il vicino di casa che attacca poesie in giardino e cammina in tondo sul retro...

– Non è "il vicino di casa"! È Sam. E ti ama, mamma. E tu lo ami.

– *Amare?* Ma che ne sai tu dell'amore, Willafred?

– Pensavo che vi sareste sposati...

– *Sposati?* –. Stella si raddrizza. – Sposati? Non ho intenzione di...

Eccola. La temuta espressione da statua. Stella si tramuta in pietra davanti ai miei occhi. Corazza, elmo, scudo...

Giro sui tacchi e fuggo sbattendomi la porta alle spalle, scendo le scale, passo davanti all'ufficio ed esco in strada. Non posso andare da Tina. Ce l'ho con lei per aver spifferato il segreto. Se non ci fossero stati tutti quei giornalisti, non sarebbe stato un tale disastro. Corro da Nana, ma non è a casa.

Così vado alla CUB.

Sulamina Mum è seduta sui gradini davanti alla porta e getta briciole di pane agli uccelli. Si direbbe quasi che mi stesse aspettando.

– Siediti, sorellina – mi dice, battendo una mano sul gradino. Mi prende il viso fra le mani, mi guarda negli occhi e sorride. – Mmmm-mmmm-mmm, il più bell'azzurro del mondo. Così bello da fare invidia all'oceano –. Appoggio la guancia contro il palmo della sua mano.

Senza dire una parola, mi stringe in un abbraccio morbido e mi lascia piangere.

Ricordo la prima volta che ho fatto una vera chiacchierata con Mum. Stella e io ci eravamo appena stabilite a Bramble, e una domenica, dopo la funzione, ero rimasta a ciondolare nei paraggi. Mum aveva detto: – Allora, sorellina, qual è la tua storia? –. Così ci eravamo sedute sui gradini e io avevo tirato fuori tutto: Billy Havisham e la mongolfiera, le poesie, i boeri alla ciliegia, la paura di Stella, i bauli rossi, i traslochi... e il mio grande desiderio di avere un padre.

– Desiderare è bene, Willa – aveva detto Mum. – Però non devi trascurare il presente. Ogni istante è prezioso. A volte quello che desideriamo non è ciò di cui in realtà abbiamo bisogno. Cerchi vetri spiaggiati, per esempio, e ti fai sfuggire un sassolino grazioso. Aspetti qualcosa da sempre... e non ti accorgi di avere davanti ciò di cui hai realmente bisogno.

Com'ero traboccante di speranze, allora.

Non oggi, però. Oggi è diverso. Mum mi passa un fazzoletto di carta. Mi soffio il naso. – Sono fatti l'uno per l'altra, Mum. Mamma è così felice, con Sam, che si dimentica di avere paura. E lui sarebbe un padre meraviglioso, e potremmo restare a Bramble per sempre.

Mum non risponde subito. È una delle cose che mi piace di più di lei. Bisogna essere davvero speciali per non sparare una risposta al volo: ti dà l'idea di avere appena detto qualcosa di davvero importante, che merita qualche minuto di riflessione. Restiamo là sedute, guardando gli uccelli.

– È difficile lasciar andare il dolore, Willa – dice finalmente, scuotendo la testa. – Se una persona ha sofferto come tua madre, se ha avuto il cuore spezzato come lei, eppure chissà come ha trovato il coraggio di andare avanti, beh, penso che in quel preciso istante uno si dica: «No, no, NO, mai più... mai mai MAI PIÙ permetterò a qualcuno o a qualcosa di farmi soffrire così, e di sicuro non permetterò a niente e a nessuno di fare soffrire la mia bambina».

Mum dice "bambina" in un sussurro, come una ninnananna.

Quasi non riesco a parlare. – Ma nessuno la fa soffrire, Mum. È lei, piuttosto, che fa soffrire gli altri. Me, e Sam, e soprattutto se stessa.

– Hai ragione, tesoro. Ma non possiamo farci niente... non finché lei non sarà pronta a ricordare.

– Ricordare che cosa, Mum?

– L'amore, sorellina. L'amore.

Decido di dare a Tina un'altra possibilità e così, tornando a casa, mi fermo da lei.

– È stato Joey Kennelly – mi dice subito.

– Che cosa? –. Sono confusa.

– La sera prima del matrimonio di Duke e Dora, mamma ha incontrato i genitori di Joey al Ponte Volante. Da quello che ho capito, Joey ha chiesto a sua madre se aveva mai visto *Giovani per sempre*, ed è venuto fuori che era la sua soap preferita. Allora Joey ha detto che tu gli avevi detto che Duke e Dora si sarebbero sposati proprio qui, e che era stata tua madre a organizzare tutto, e beh, il migliore amico del padre di Joey lavora al *Cape Cod Times* e...

– Scusa, Tina... mi dispiace tanto di avere dato la colpa a te. Mi ero completamente scordata di JFK. Ma ormai non importa. Era troppo bello per durare. Mamma ha deciso che dobbiamo andarcene.

– No! –. Tina è furente. – Dobbiamo impedirglielo. Non può rovinare la tua vita in questo modo. E neanche la mia! Non voglio perdere la migliore amica che io abbia mai avuto...

Migliore amica.

– Dici davvero, Tina? Sono la tua migliore amica?

Mi si spezza il cuore.

Quando torno a casa, i bauli rossi sono già allineati nell'ingresso e sul tavolo c'è una mappa del Maine.

26. Il posto giusto

A volte quello che desideriamo
non è ciò di cui in realtà abbiamo bisogno.
Sulamina Mum

La mattina dopo mi alzo presto e pedalo fino alla spiaggia. Cammino sulla riva per ore.

Quando torno a casa, sento la voce di Sam appena apro la porta.

– Ma che c'è, Stella, che cosa? Non capisco. È stato terribile, d'accordo, e hai il diritto di essere sconvolta. Sono tutti dispiaciuti per te. Ma cosa c'entriamo noi due? Perché vuoi escludermi dalla tua vita? Lascia che ti aiuti. Ti amo, Stella, e pensavo che anche tu...

Stella esce come una furia in corridoio, e io appoggio le spalle alla porta per bloccarle la fuga. – Willafred –. Mi fissa freddamente. – Che fai? Mi spii? Non ti sembra di avere già fatto abbastanza? Spostati, per piacere. Sono in ritardo all'appuntamento con l'avvocato...

– Aspetta! – la supplico, ma lei ha già sceso i gradini ed è salita in auto.

Sam mi raggiunge sul portico.

– Mi dispiace, Sam. Tu non c'entri. È con me che ce l'ha.

– Non hai niente di cui dispiacerti, Willa. Tua madre è una persona adulta.

Quando Sam se ne va, mi getto sul letto e piango. Sono furibonda con Stella. Prendo la mappa sul tavolo e la straccio in mille pezzi. E getto nella spazzatura tutti gli articoli su Duke e Dora.

Dopo un po', Stella telefona. Rientrerà tardi. Scrivo qualche pagina del diario, poi decido di andare da Sam. Magari, fra tutt'e due, riusciremo a farci venire in mente qualcosa.

Comincia a fare buio. Suono il campanello di Sam, ma non ricevo risposta. Mi auguro che sia andato a cercare Stella. Vado sul retro della casa e mi fermo davanti al labirinto. Poi prendo fiato ed entro.

L'erba del sentiero sembra appena rasata. I bordi sono ancora pieni di fiori. C'è un tale silenzio! Si sente solo il suono del mio respiro. Uno scoiattolo attraversa i viottolo davanti a me e corre ad arrampicarsi su un albero. Un alito di vento mi sfiora il viso. Le margherite e i loro fratelli maggiori, i girasoli, mi sorridono. Mi sento già meglio.

Mi viene in mente un inno. *Essere semplici è un dono, essere liberi è un dono*... Lo cantiamo alla CUB. Comincio a canticchiarlo, poi a cantarlo. – *Essere semplici è un dono, essere liberi è un dono, è un dono trovare il posto giusto per noi. E quando lo troviamo*...

Mi metto a piangere. Per me, Bramble è il "posto giusto". Ti prego, mamma, non traslochiamo di nuovo.

Raggiungo il centro del labirinto seguendo il sentiero, un cerchio dopo l'altro, e mi siedo.

Accanto alla panchina c'è un increspato cespuglio purpureo, "buddleia" penso che la chiami Sam: una vera e propria calamita per le farfalle. I fiori hanno petali morbidi e un profumo di lillà. Il cuore mi batte rapido. Respiro a fondo. Dopo un po' comincio a sentirmi meglio.

È un posto così sereno: ci credo che Sam sembra felice, qui dentro. Sam, meraviglioso Sam.

Ti prego, ti prego. Non ho mai desiderato altro che un padre. Stella *deve* capire quanto la ama Sam...

Riapro gli occhi e guardo verso casa.

Per un istante, prima che chiuda le tende, intravedo il viso di mamma dietro la finestra dello studio. Ricordando quanto le era piaciuto il mazzolino che Sam le aveva portato il giorno del picnic, stacco un rametto fiorito come offerta di pace.

Quando entro in casa, vedo un foglio sul tavolo. I voli da Boston a Portland, Maine.

La porta di mamma è chiusa, ma so che lei è ancora sveglia. E poi, mentre mi avvicino con la mia offerta di pace, la luce sotto la porta si spegne.

Metto il rametto in una tazza d'acqua sul mio comodino. Prendo la foto di papà. Billy Havisham era famoso per le sue grandi idee. Ora come ora, una grande idea mi farebbe comodo. Rimango sveglia per ore, pensando a mamma. Sforzandomi di non criticarla troppo. So che soffre, e quanto le fa paura l'amore, ma non posso restare a guardarla mentre rovina tutto... e proprio quando tutto andava così bene.

Più tardi, prima di addormentarmi, ricordo una cosa che ha detto una volta Sam... qualcosa a proposito di come "poche parole giuste al momento giusto possono cambiare la vita di una persona".

Mi alzo, mangio un boero portafortuna, acciuffo la torcia elettrica, scendo le scale ed esco. La porta di Sam è aperta. Ci vuole un po', al buio, ma riesco comunque a trovare le lettere che mi servono.

27. Lontano dal capo

Nessuno vede un fiore - è così piccolo -
non ne abbiamo il tempo - e per vedere serve tempo.
Georgia O'Keeffe

– Come può essere così crudele? – ha protestato Tina. – Non le importa dei tuoi sentimenti? Tu appartieni a Bramble. Non può strappare le tue radici in questo modo, come se fossi un'erbaccia.

È successo tutto così in fretta che ancora non sembra vero. Mi sento come Alice nel Paese delle Meraviglie, quando casca nella buca. Un momento fila tutto per il meglio. Quello dopo, il mondo finisce sottosopra.

La fronte premuta contro il finestrino dall'aereo, guardo le nuvole fioccose e continuo a ripassare mentalmente le ultime scene del film. Le facce e le voci dei miei amici di Bramble.

Quello che ognuno di loro ha detto prima della nostra partenza.

Dopo che mamma ha letto le parole sulla Bacheca di Bramble.

STELLA, VUOI SPOSARMI?

Prima di andare nel Maine faremo sosta alle Bermuda per un lungo fine settimana, ma non sono dell'umore giusto per una vacanza.

Stella dorme, e la sua testa ciondola sempre più vicino alla mia spalla. Mi scosto. Sono così arrabbiata che neanche riesco a guardarla. Se non mi controllo, potrei mettermi a urlare "Ti odio" e spaventare gli altri passeggeri.

Il cielo è azzurro, ma non quanto il mare. Chiudo gli occhi e torno al mio film.

Nana, così arrabbiata da rifiutarsi di rivolgere la parola a Stella, mi ha consegnato una pila di cartoline, tre penne, un rotolo di francobolli e una scatola di boeri. – Scrivimi appena arrivi, tesoro, ti manderò una scatola la settimana... dei migliori, di quelli che piacciono a te, con i noccioli portafortuna. E ti spedirò anche tutti i nuovi sapori di caramella, così potrai dirmi cosa ne pensi. E non dimenticare che Alexander e io vogliamo che ci aiuti a organizzare le nostre nozze –. E poi mi ha abbracciata, mentre Pezza ci correva intorno latrando: *Che succede, che succede, che succede?*

Da Libri per Bramble, Batuffolo mi fissava con occhi immobili mentre il signor Tweed mi consegnava i suoi due regali soffiandosi il naso. Il primo era un libro. *Arguzie e motti di famose donne americane.* – Leggi la citazione di Georgia O'Keeffe – mi ha detto. – Quella a proposito del vedere.

Il secondo regalo era un diario di cuoio marrone con un girasole giallo stampato in rilievo sulla copertina. Dentro, il signor Tweed ha scritto: *A Willa Havisham, uno spirito affine. Ricorda di seguire il consiglio di Thoreau: leggi i libri migliori in gioventù. E quando un giorno scriverai il tuo, come sono sicuro che farai, ricorda quello che Jo apprende in* Piccole donne: *il segreto è scrivere la verità e metterci dentro il cuore. Con affetto, Alexander Tweed.*

L'ho abbracciato in fretta e sono corsa fuori dal negozio. Quando mi sono voltata per un'ultima occhiata, Batuffolo mi stava fissando con i grandi occhi verdi, il naso roseo schiacciato contro il vetro. Addio.

L'aereo plana e il crepitio dell'interfono interrompe il film. – Buon pomeriggio, signore e signori – annuncia la voce cordiale del pilota. – Tra dieci minuti arriveremo a Hamilton. La temperatura al suolo è di 23 °C, e c'è solo qualche nuvola. Prevediamo un atterraggio tranquillo. Il personale di bordo si porti ai propri posti.

Richiudo gli occhi. Perfino Ruby Lang mi è sembrata sinceramente triste. – Mi dispiace che ve ne andiate, Willa. Mia sorella Wanda avrebbe voluto che tua madre organizzasse il suo matrimonio. Sarebbe stato così fascinoso. Buona fortuna, e telefona. Ci mancherai, a Tina e a me.

E Sulamina Mum: – Ricorda che dentro di te c'è tanto amore, sorellina. Quanto basta per un miracolo. L'amore continua ad agire anche se non lo vedi.

E poi, naturalmente, Sam. Dopo una scenata con mamma a proposito del messaggio che aveva scritto sulla Bacheca di Bramble, Sam è uscito di furia dalla nostra casa, è saltato sulla sua bici e se n'è andato. E la mattina dopo siamo partite per l'aeroporto così presto che non ho avuto la possibilità di salutarlo.

Però, prima, mi sono fatta coraggio e sono passata da JFK.

– Ci vediamo, Willa – mi ha detto. – Teniamoci in contatto.

Sai che roba. Bah. In fondo non è che quella fossetta fosse granché.

Apro il libro del signor Tweed e leggo la citazione di Georgia O'Keeffe. *Nessuno vede un fiore - è così piccolo - non ne abbiamo il tempo*... Gli occhi mi si riempiono di lacrime. A Bramble eravamo circondate dai fiori, e Stella aveva tutto il tempo del mondo.

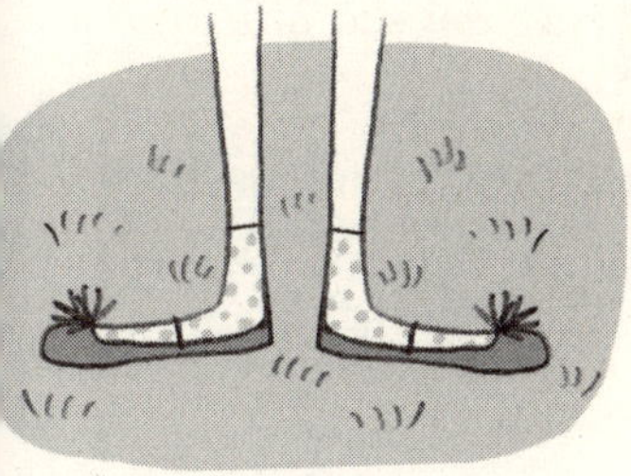

28. Smarrita nel labirinto

Comincia dal principio...
e va' avanti fino alla fine:
e allora fermati.
Lewis Carroll, *Alice nel Paese delle Meraviglie*

– La ragazza della casa di fronte sembra simpatica – dice Stella, allegra come un fringuello. La trapasso con lo sguardo come se fosse un incubo partorito dalla mia immaginazione, e torno a voltarmi verso la finestra della cucina, immersa nei miei pensieri, sentendo la mancanza del mare.

Nonostante la fredda, grigia giornata di gennaio, Stella è decisamente solare. È impressionante come, pochi mesi dopo aver lasciato il Capo senza versare una sola lacrima né voltarsi indietro per un ultimo sguardo dal ponte, sia riuscita a trapiantarci qui a Portsmouth, nel Maine, a pochi passi da una scuola privata con pacchi di regole e a breve distanza d'auto dal suo ufficio in una società d'investimenti.

E ora eccola che beve caffè nero, setacciando la Borsa. Stella l'Invincibile. Il gatto dalle diciannove vite. Che Bramble fosse solo un sogno? Mi sono forse immaginata tutto?

Sbatto la porta della mia stanza con tanta forza da fare vibrare le finestre. Mi getto sul letto, prendo la penna e scarabocchio quanto la odio nel mio diario. Poi tiro fuori le lettere da sotto il cuscino.

Tina sente tanto la mia mancanza che non riesce «né a mangiare né a dormire». La scuola è uno strazio, come al solito. Vuole venirmi a trovare PRESTO. Grazie al cielo, non nomina Ruby.

Mum dice che sa quanto sono triste, ma di continuare a ricordare l'amore.

Nana e il signor Tweed sembrano cavarsela a meraviglia senza di me. Sono venuti a trovarci durante le vacanze e mi hanno portata fuori a pranzo. Stella non era invitata. Abbiamo discusso i programmi per le nozze. Si sposeranno il giorno di San Valentino.

Nana ha detto che Sam c'è rimasto malissimo quando ha visto il cartello IN VENDITA davanti alla nostra casa. Gli ha dato il nostro nuovo indirizzo.

Le lettere di Sam sono corte e piacevoli: mi fa soprattutto domande sulla nuova scuola.

Però evita la domanda davvero importante: perché Stella è fuggita?

Finora gli ho mandato tre cartoline, chiedendogli del labirinto e della Bacheca di Bramble e che cosa stanno leggendo in classe. Quando mi ha scritto che quest'anno leggono *Il vecchio e il mare* di Ernest Hemingway, ne ho comprata una copia e l'ho finita quella notte stessa. Mi è piaciuto. Ho copiato una frase nel diario: quella a proposito degli occhi del vecchio, azzurri come il mare, "allegri e mai sconfitti", anche se al momento non mi riconosco in quest'ultima parte. Mi manca Bramble. Mi manca la spiaggia. Sono tutto tranne che allegra.

So che Sam ha scritto a Stella almeno quattro lettere, ma lei le ha stracciate senza neanche aprirle. Troppo spaventata per leggerle. Le ho tirate fuori dalla spazzatura e ho cercato di rimetterle insieme, ma i fondi di caffè avevano infradiciato la carta.

Venerdì compirò tredici anni. Il giorno che aspettavo con tanta ansia e tante speranze quando ancora credevo nei miracoli. Stacco dalla parete il Calendario Perfettino della nuova scuola di Portsmouth e getto per terra le sorridenti facce perfettine che spuntano da identici, perfettini maglioni azzurri. No. Non mi sforzerò di trovare il lato migliore. Non sarò carina con la smorfiosa della casa di fronte perché mi faccia entrare nel suo gruppo. Non renderò le cose facili a Stella.

Che sciocca sono stata a illudermi che a Bramble le cose sarebbero andate diversamente. Mamma non ha visto com'ero felice? Quanto tutti ci amavano? Non ha capito che era il posto giusto per noi? Ero così concentrata a desiderare un padre da scordare la regola più importante: è Stella che decide tutte le regole.

Venerdì mamma dev'essere a Bangor per lavoro, perciò mercoledì sera mi ha offerto una cena di compleanno anticipata. Mi aveva proposto di invitare Tina, lo scorso fine settimana, ma la signora Belle non se l'era sentita di guidare con il brutto tempo. – Festeggeremo a febbraio, quando verrai per il matrimonio di tua nonna – ha cercato di consolarmi Tina. – Organizzerò una festa fantastica a casa mia, e inviterò JFK, d'accordo?

Prima di andare al ristorante mamma mi consegna i regali di compleanno. Una nuova lampada da tavolo e due maglioni col monogramma della scuola.

Stella ordina insalata, cocktail di scampi e patate al forno. Mangiucchio svogliatamente.

Mi sforzo di essere educata, ma quando il cameriere porta fuori la torta con tredici candeline, e lui e Stella attaccano *Tanti auguri a te*, e gli estranei del tavolo accanto si uniscono al coro, e arrivati alla parte del "cara..." fanno una pausa, e Stella esclama: "Willafred", e sorride e dice: – Esprimi un desiderio – mi viene voglia di vomitare. Fisso Stella con occhi di pietra. Non esprimerò nessun desiderio. Mai più.

Quella notte, raggomitolata sotto le coperte, mi sento sola al mondo. Cosa farò? Apro il diario regalatomi dal signor Tweed. *Il segreto è scrivere la verità e metterci dentro il cuore.* Lo chiudo di scatto e piango fino ad addormentarmi.

Sogno il labirinto. Mi sono smarrita e continuo a girare, e a girare, e a girare. Non so ritrovare l'uscita. Mi sveglio sudata, il cuore in gola.

So quello che devo fare.

29. venerdì 13

E quando non ce la feci più a resistere, accesi la luce.
Mark Twain, *Le avventure di Huckleberry Finn*

È la mattina del mio tredicesimo compleanno. Venerdì 13. *Buon compleanno a me, buon compleanno a me…*

Stamattina, proprio mentre Stella usciva per andare alla sua riunione di lavoro a Bangor, l'ho informata che non mi sentivo bene. Non poteva costringermi ad andare a scuola malata, non il giorno del mio compleanno, così ha detto: – Resta a letto e bevi più che puoi. Chiederò alla signora Hickey di passare a darti un'occhiata –. La signora Hickey è la gentile infermiera in pensione che vive accanto a noi.

Appena l'auto di Stella lascia il viale, mi vesto e infilo il cappotto. Sul letto di Stella piazzo il piccolo cavalletto di legno che ho comprato al negozio d'arte. Sopra ci metto la mia lettera; sotto, un boero alla ciliegia.

Cara mamma,

spero che i boeri ti piacciano. So che papà te li mandava sempre. So della valigetta a forma di cuore. So delle poesie. So perché hai paura. Mi dispiace di averti mandato all'aria il lavoro. Eri una magnifica Organizzanozze. Però alle tue cerimonie mancava qualcosa.

Coraggio, mangia un boero. Poi prendi il nocciolo e guardalo. So che è piccolo e brutto, però se lo pianti e lo annaffi, gli dai sole e spazio per le radici, da quel seme un giorno potrebbe spuntare un albero. Ecco perché papà ti mandava boeri e poesie ogni settimana. Ecco perché, anche se era un'idea assurda, voleva passare a prenderti nel Parco del Poeta con una mongolfiera. Perché ti amava.

È questo il Tredicesimo Ingrediente Segreto.

L'amore.

Puoi passarla liscia per qualche fiore appassito o qualche grinza sull'abito. Quei Dodici Ingredienti che hai pianificato con tanta cura… Avevi ragione, mamma. Sono tutti importanti in quell'unico giorno da favola.

Il giorno dopo, però, l'unica cosa che conta è l'amore.

Sinceramente tua.

Willafred Havisham,
la figlia dell'Organizzanozze

30. Finalmente a casa

Chi ha visto il vento?
Non io, e neanche tu:
ma quando gli alberi chinano il capo,
ecco!, è il vento che passa.
Christina Georgina Rossetti, *Chi ha visto il vento?*

Ho dovuto cambiare tre autobus, ma quando ho visto l'alto ponte argentato ho capito che ne era valsa la pena. Ho abbassato il finestrino e il vento è entrato d'impeto, ridendo come se mi aspettasse. *Benvenuta, Willa, bentornata.*

A Falmouth ho preso un taxi e ho dato l'indirizzo all'autista.

Casa Gracemore sembra deserta quando ci fermiamo davanti al portone. Tutte le persiane sono chiuse. Pago il tassista e per un po' resto ferma in strada. Poi vado sul retro della casa. Il labirinto ha l'aria trascurata. Mucchi di foglie secche, rametti spezzati, fiori avvizziti, erbacce.

Bloccheranno il sole, soffocando i germogli primaverili. Un cardinale rosso acceso vola dentro e subito riesce. Le mangiatoie per gli uccelli sono vuote.

Entro nel labirinto e mi dirigo, descrivendo cerchi sempre più stretti, verso il centro. Quando raggiungo la panchina, chiudo gli occhi e respiro a fondo. È gennaio, ma non ho freddo. Vicino al mare fa sempre più caldo.

Ripenso all'anno appena trascorso. Quanto mi piaceva vivere a Bramble. Per la prima volta mi ero sentita a casa. Nana, Tina, Sam, Mum, il signor Tweed... i loro volti mi guizzano nella mente.

Ripenso al mio primo appuntamento, il film che sono andata a vedere con JFK. A come mi stringeva la mano. La passeggiata sulla spiaggia. Il mio primo bacio.

Continuo a ricordare, seduta sulla panchina con gli occhi chiusi. Come Stella nel Parco del Poeta, aspetto che arrivi qualcuno.

Mi chiedo come sarebbe adesso papà, tredici anni più vecchio della foto sul mio comodino. Scommetto che avrebbe riso vedendo i miei occhi azzurri come i suoi, "scintillanti come il mare sotto il sole d'estate". Mi avrebbe presa fra le braccia e fatta piroettare come ho sempre sognato. «Ecco la mia bambina» avrebbe detto ridendo.

Ma no, il presente è *questo*.

Mi immagino il Poeta che arriva e mi trova qui. Ma

il Poeta è una persona *vera*, Sam Gracemore. Un uomo con un passato triste. Un uomo che pensava di poter essere di nuovo felice con mamma. Sam sorriderebbe, vedendomi qui seduta. Quel sorriso capace di sciogliere l'Alaska. «Ciao, Willa» direbbe. «È bello rivederti.»

Ma no, non è Sam che aspetto.

Mentre me ne sto qui seduta, sempre con gli occhi chiusi, e aspetto e aspetto, e comincio a sentire freddo, immagino Tina che arriva e mi vede. Sarebbe così elettrizzata. «Che ci fai qui?» griderebbe. «Ti congelerai! Vieni, andiamo.»

Poi Nana. «Abbracciami, braciolina.»

Il signor Tweed... Sulamina Mum... sarei così contenta di vederli, tutti quanti, ma...

– Willafred.

È il mio nome. Per la prima volta mi sembra bello. Sono rimasta seduta qui tanto tempo che di sicuro sto sognando.

– Willafred.

La voce è familiare, eppure diversa.

– Willafred!

Apro gli occhi.

È mamma. Viene verso di me e grida, però la voce è gentile. – Willafred, che ti è saltato in testa –. Inciampa sui rami. – Scappare così… –. Scivola sul terreno sdrucciolevole. – Stai bene? Ero preoccupata da morire...

Sempre più vicino, girando e girando, più vicino, più lontano, più vicino. Piange e corre. – Grazie al cielo ti ho trovata, Willafred –. Inciampa di nuovo. – Mi dispiace di averti fatta soffrire. Mi dispiace di averti portata via da Bramble... –. Singhiozzando, supera l'ultima siepe e mi stringe fra le braccia, e non è un sogno.

E poi, per la prima volta, mia madre mi guarda, mi guarda dritto negli occhi... e mi vede davvero. Mi prende il viso fra le mani e mi guarda negli occhi come se fossi l'unica e sola cosa al mondo che più la rende felice.

– Ti voglio bene, Willa – dice. Mi ha chiamata Willa. – Buon compleanno. Ti voglio tanto bene.

– Anch'io ti voglio bene, mamma. Te ne ho sempre voluto.

Mamma mi abbraccia e oscilliamo avanti e indietro, chiuse nel cerchio del labirinto. Sento il suo cuore battere contro il mio. Piccoli fiocchi di neve si sciolgono nelle lacrime sulle nostre guance. Ridiamo. Restiamo a lungo così, nessuna delle due vuole sciogliere l'abbraccio.

Improvvisamente un pensiero mi colpisce con la forza d'un fulmine. In tutti quegli anni, per tutti quei compleanni, avevo desiderato un padre, convinta che fosse quello il mio desiderio più grande. Invece mi sbagliavo. Non era così. Quello che davvero desideravo, ciò di cui avevo bisogno, era mia madre. Che mi guardasse, che mi vedesse, *davvero*.

31. Viva gli sposi!

«Non voglio un matrimonio alla moda, e attorno a me soltanto coloro che amo...» Così preparò lei stessa l'abito nuziale, cucendovi dentro le tenere speranze... del suo cuore di fanciulla.
Louisa May Alcott, *Piccole donne*

Qualcosa di vecchio, qualcosa di nuovo, qualcosa di prestato, qualcosa di blu, e una monetina portafortuna.

Dice Nana: – Qualcosa di vecchio ce l'ho, me stessa, e anche qualcosa di nuovo, Tweed –. Si fa prestare la borsetta di seta che Stella usò per le sue nozze e dice: – A che serve l'azzurro, quando c'è il mare? – e mi chiede di infilare un nocciolo di ciliegia portafortuna nell'orlo del suo abito da sposa. L'ha cucito personalmente: è di chiffon viola pallido, niente di sfarzoso, però bello.

Il signor Tweed indossa un completo a righine grigie, cravattino viola, e ha infilato all'occhiello un rametto di lavanda. Pezza e Batuffolo, d'ora in poi fratello e sorella, sono adorabili con i loro cravattini intonati a pallini viola.

Tina e io indossiamo i nostri abiti delle Lucciole. Il mio mi stringe un po' sul seno.

Tina mi ha aiutata a cucire sacchetti di lavanda, il profumo preferito di Nana, da offrire agli invitati. La lavanda l'abbiamo presa nel labirinto.

«Il bello della lavanda» dice Sam «è che rifiorisce di continuo».

Nana ancora non lo sa, ma Tina e io abbiamo anche preparato bustine di plastica piene di caramelle viola, Bramblebacche, e in ognuno, per scherzo, abbiamo nascosto un fruttino a forma di pesce.

Il signor Tweed e io ci abbiamo pensato parecchio, ma alla fine ci siamo messi d'accordo sui brani dei nostri autori preferiti da leggere durante la funzione. Sulamina Mum ha detto di "lasciare la Bibbia" a lei. Avreste dovuto vederla quando ha scoperto che eravamo tornate. Si è fatta Main Street di corsa, come un pavone impazzito, e ci ha sollevato di peso tutt'e due.

Per il Sesto Ingrediente mi sono tenuta sul semplice: garofani gialli.

Poi con Tina ho appeso fili di luci ammiccanti attorno all'ingresso della CUB, e acceso candele alle finestre, ma questo è tutto. Nana e il signor Tweed volevano una cerimonia semplice.

L'organista attacca e gli sposi entrano insieme. – Nessuno deve consegnare nessuno – ha detto Nana. Camminano lentamente, sottobraccio, salutando ogni invitato.

Guardo mamma e Sam. Mamma è radiosa. Sorride e piange allo stesso tempo, la testa sulla spalla di Sam. Tina li vede e scrolla indietro i biondi capelli. Caso chiuso.

Al mio cenno, la signora Bellimo comincia a gorgheggiare.

Dopo la cerimonia andiamo tutti da Libri per Bramble, dov'è stato organizzato il rinfresco. Sia mamma sia Sam fanno un brindisi. Mum recita il suo "Grazie". Il primo piatto è il preferito di Alexander: vongolata preparata secondo la ricetta segreta di Nana.

Nana e Alexander ballano tutta la notte. La loro gioia si sparge tutt'attorno come polvere magica, investendo ogni cuore nella stanza.

Neanche mamma e Sam si perdono un ballo: sempre insieme, a parte quello che Sam balla con me. – Mi concede l'onore, signorina? – chiede con un inchino.

– Oh sì, gentile signore. Ne sarei deliziata.

È la prima volta che ballo a un matrimonio, ma Sam sa quello che fa. Mi fa piroettare per la sala come una principessa, e non gli pesto i piedi neanche una volta.

La sera, in camera mia, ripasso mentalmente ogni istante di quel film meraviglioso.

Mamma bussa alla porta e la invito a entrare.

Si siede sul letto. – È stata una bella cerimonia, Willa. Complimenti.

– Ho avuto la migliore degli insegnanti. In fin dei conti, sono la figlia dell'Organizzanozze –. Vedo i suoi occhi riempirsi di lacrime e le accarezzo una guancia. – Non temere, mamma, non ho intenzione di farlo diventare un lavoro.

– Lo so, Willa – dice ridendo. – È solo che sono così fiera di te.

– Grazie, mamma. Organizzare cerimonie è divertente, e un giorno o l'altro mi piacerebbe organizzare il mio, però nutro grandi speranze per il mio futuro. Proprio come mi hai insegnato tu. Del resto, non penso che organizzare nozze sia il mio vero talento. Scriverne, casomai. Forse un giorno diventerò una scrittrice.

– So che ci riuscirai, Willa –. Mamma mi abbraccia. – E io sarò la tua lettrice più appassionata.

32. miracoli

Dove c'è un grande amore, ci sono sempre miracoli.
Willa Sibert Cather

Così, questa è la mia storia. Alla fine, il tredici è stato il mio numero fortunato. Il fine settimana dopo il matrimonio di Nana, Stella e Sam se la sono svignata a Nantucket e il mio desiderio impossibile si è finalmente avverato.

Mamma mi ha lasciato un biglietto sul cuscino.

Cara Willa,
avevi ragione. La cosa importante non è il giorno delle nozze. Quello che importa sono i giorni che lo seguono. Non vediamo l'ora di viverli con te.

Con amore,

Mamma e Sam

Quando sono tornati dalla luna di miele, ci siamo trasferite nella casa di Sam. Dopo lunghe discussioni abbiamo deciso di spolverare i lampadari, tirare fuori le sedie di vimini e riaprire la famosa (un tempo) locanda Bramblebriar Inn.

Mamma ha assunto gli arredatori e ha sovrinteso al restauro. Sam (dice di chiamarlo papà solo se e quando voglio, ma dato che mi sono abituata a "Sam", per ora va bene così) e io abbiamo lavorato al labirinto, aggiungendo nuovi fiori e casette per gli uccelli. Le guide turistiche dicono che siamo uno dei "migliori alberghi" sul Capo.

Ho smesso di aggiungere ingredienti segreti agli abiti da sposa, ma ho piantato un ultimo nocciolo di ciliegio. Nel mio nuovo giardino. Un giorno crescerà e diventerà un albero dai dolci fiori profumati.

I bauli rossi sono spariti per sempre, ma accanto al labirinto c'è una nuova statua. È il regalo che mamma e Sam mi hanno fatto dopo il viaggio di nozze: una ragazza con una lunga coda di cavallo, stesa sull'erba, che legge un libro e sorride.

Mamma e Sam adorano fare i locandieri. Stella si occupa della casa e dei conti. A volte, per sfizio, accetta di organizzare un matrimonio e permette a me e a Tina di aiutarla. Sam si occupa della cucina e del parco. E io della biblioteca.

Ho appena scoperto un libro di Willa Cather. È bastato il nome a farmi capire che siamo spiriti affini.

Ora sono io a scrivere le frasi sulla Bacheca di Bramble. Mamma si è abituata all'idea. Le guide turistiche la definiscono "l'argomento di conversazione preferito dagli abitanti di Bramble". Stella dice che gli affari ne guadagnano. Quando Sulamina Mum ha letto la frase di Willa Cather su amore e miracoli, ha riso di gusto.
– Mmm-mmm, sorellina, stavolta hai fatto centro.

Da qualche mese Nana e nonno Tweed si sono messi in affari insieme: DolciLibri per Bramble. E il *Cape Cod Life* gli ha assegnato il primo posto nelle categorie "Migliori Dolci" e "Migliori Librerie". Finalmente Nana ha vinto, con una caramella chiamata Ciliegioso Boero.

Tina e io siamo sempre amiche del cuore e ho deciso che, tutto sommato, Ruby non è poi tanto male. Mi ha suggerito una pettinatura fantastica, e ora apprezzo moltissimo i suoi talenti.

JFK è sembrato contento di rivedermi. Carino e completo di fossetta. Non siamo ancora tornati a passeggiare sulla spiaggia, ma per questo abbiamo tempo a volontà.

Quasi ogni giorno vado in bici in riva al mare, cammino sulla sabbia cercando vetri spiaggiati e conchiglie, e poi mi siedo sul pontile e sorrido al mare.

A sentire Mum, la sola preghiera utile è composta da un'unica parola.

Ho detto "grazie" così spesso che devo averlo inciso nel cuore.

Bene, questo è tutto. Ci sono sempre le regole, naturalmente, e la scuola e i compiti. Se passate da Cape Cod, fermatevi a Bramble. Vi mostrerò dove trovare i libri più dolci della città.

Fino ad allora, continuate a nutrire grandi speranze. Continuate a credere che prima o poi i sogni si avvereranno.

E ricordate: quando la vita vi tira un nocciolo... voi piantate un ciliegio.

•La scelta di Willa•

Raccomandato da Willa Havisham

Alice nel Paese delle Meraviglie, Lewis Carroll
Anna dai capelli rossi, Lucy Maud Montgomery
Attraverso lo specchio, Lewis Carroll
Grandi speranze, Charles Dickens
Il diario di Anna Frank
Il giardino segreto, Frances Hodgson Burnett
Il vecchio e il mare, Ernest Hemingway
Invito di nozze, Carson McCullers
La piccola casa nella prateria, Laura Ingalls Wilder
La tela di Carlotta, E.B. White
Le avventure di Huckleberry Finn, Mark Twain
Le avventure di Tom Sawyer, Mark Twain
Matilde, Roald Dahl
Piccole donne, Louisa May Alcott
Sara né bella né brutta, Patricia MacLachlan

E le opere di Emily Dickinson, Christina Georgina Rossetti, Robert Frost, Henry David Thoreau, Walt Whitman e William Shakespeare.

Ringraziamenti

Sono grata a tante persone che con il loro amore e il loro sostegno mi permettono di fare un lavoro fonte di tanta gioia. Prima di tutto, grazie a Alyssa Eisner, editor di Simon & Schuster, che mi ha aperto la porta del castello delle pubblicazioni per bambini. Durante il continuo scambio di idee per il nostro primo libro illustrato, Alyssa mi ha incoraggiata a scrivere un romanzo per ragazzi più grandi. Io avevo in mente altri libri illustrati, e lei continuava a insistere: "Perché non un romanzo?". Finché una sera, mentre mi rilassavo dopo una Conferenza dell'Associazione Scrittori e Illustratori di Libri per Ragazzi (splendida organizzazione) a Filadelfia, Alyssa disse: "Ecco un titolo per te: *Operazione Matrimonio*". Tutto qui. Nient'altro che il titolo. La mia prima reazione fu che era troppo commerciale, ma ne presi ugualmente nota e andai avanti a cercare altre idee per libri illustrati.

Poi, la mattina dopo, mentre tornavo a Albany, avvertii la presenza della signorina Havisham - quella di *Grandi speranze* - sul sedile posteriore della mia auto. E pensai: ehi, sarebbe bello rendere questo libro insieme divertente e letterario. Pochi chilometri dopo mi venne in mente Willa, e il suo disperato desiderio di avere un padre; e poi apparve sua madre, Stella, e poi Nana, e il signor Tweed, e Bramble... riempii freneticamente di appunti due taccuini gialli tenendoli in bilico sul volante (un'attività che sconsiglio decisamente) mentre guidavo verso casa. Grazie, Alyssa, per la tua magica saggezza, la tua gentilezza, il tuo infaticabile entusiasmo.

Grazie anche a Brenda Bowen, Elizabeth Law, Katrina Groover, Greg Stadnyk, Chava Wolin, Kevin Lewis, Tracey van Straaten, Mark Siegel, Emily Thomas, Annie Kelly, Alexandra Lambert, Katie McGarry, Michelle Montague, Erica Stahler, e a tutti coloro che lavorano al settore Libri per Ragazzi della Simon & Schuster. Grazie alla mia agente, Tracey Adams, per la sua calma presenza e i suoi geniali consigli. Sono grata anche agli amici che criticano il mio lavoro, inclusi i bravi giovani scrittori: Jennifer Groff, Nancy Castaldo, Debbi Michiko Florence, Jacqueline Rogers, Kyra Teis Zonderman, Lois Feister Huey, Rose Marie Kent, Liza Frenette, Barbara Wood, Karen Beil, Lynn Blankman ed Ellen Laird. Un grazie va anche a Theresa Rae, Karen Pandell, Ann

Burg, Daniel Mahoney, Teri Daniels, Phil Teibolt, Cheri Hinchman Widzowski, Cathy Gio, Joan Krege, Eric Luper, Patricia Williams, Julie Winkler, Lisa Rowe Fraustino e Laurie Krauss Kiernan.

E, per quelle preziose prime parole d'incoraggiamento, grazie agli autori: Carla Neggers, Laurie Halse Anderson, Kay Winters, Pamela Jane; agli editor Judy O'Malley, Anita Silvey e Barb Burg. Per l'aiuto nelle ricerche ringrazio Margaret Garrett e Tom Barnes alla Guilderland Public Library; e Leslie, Barbara, Julia, Cherry, Terry e Suzanne: siete il tipo di bibliotecarie che ogni bambino dovrebbe conoscere. Grazie a Darryl Davis e alla West Mountain Inn, Arlington, Vermont, per l'ispirazione del labirinto. Grazie a Diane Walshhampton, Donna Amato, JoAnn Gejay, Alana Lucia, Linda Triplett, Emily Spooner, Colleen Mickle, Deb Wain, Meg Seinberg-Hughes (splendida bibliotecaria), Stacey Kirk, Kathy O'Boyski-Butler, Charlene Dare, Lauren Gay, Tara Molloy-Grocki, Eileen Bray e a tutti i miei amici alla scuola elementare Guilderland, un luogo ricco di sapere e di amore.

Grazie a Susan Novotny, Kim Soyka, Rachel King della Book House e della Little Book House, Stuveysant Plaza, Albany, New York; a Frank Hodge, Hodge-Podge Books, Albany; Janet Hutchinson, The Open Door Bookstore, Schenectady; Carol Chittenden, Eight Cousins

Bookstore, Falmouth, Cape Cod; a Denise McCoy del Bookmark, Loudonville, New York. Grazie alle mie amiche: Kathy Johnnson, Ellen Donovan e Paula Davenport (le Sì-Sì); Susan e Bruce Carlson; Pauline e Fred Miller; Carla Neggers e Joe Jewel; Kathi e Dave Shamlian; Lois e Jon Pasternack; Janet e Ned Trombly; Gail e Mike Moran, Bill e Mary Kahl, Joe Curtin, Lori Goodale, Mary Jane e Ken Reilly, Lisa Burianek e John Cropley, Jan Cioffi, Eileen Burton, Libby Mahoney, Sheila Murphy, Gladys Craig, Sybille Colby, Judy e Steve LeGraw, Mary Grace e Dennis Tompkins, Frank Scanlon, Amy Van Amburgh, Gail George, Judy Calogero, Meg e Scott Bassinson, Kerry e Wayne Castronovo, Kathy e Charlie Jordan, Jean Claude e Anne-Marie Simille, Regina e Scott Keenholts; Lynne, Kathy e Mary Mahoney; Addie Muhlfelder, Joan Noonan, Hania Stowowy; Hilarie Tongue; Ann e Cosimo Crupi; Joanne Pisarski; Judy Conlen; Ellen e Kevin Snyder; Kate e Frank Sorrentino; Kellie Fox e Tom Fox; Bonnie Nunziato; Kristen Zadrozinski, Coookie McInnesss, Gail Di-Battista, Betty Stefos, Wendy Alexopoulus, Doris O'-Neil, Jan Bosse, Linda Crescenz, e Marge e Jack McNulty; e alle amiche d'infanzia: Sue "P", Sue "T", Mary "H", Mary "M", Kathy, Theresa, Maureen, Denise e Jean; a Gloria e Bill Malone, per la chiave del mio sogno su Cape Cod; e ai vicini Claire e Chris Kondochristie, Lynn e Ray Butti, Cookie e Don McInness, Ginny e Frank Lammer, Fran Risko, e Rowena Lammer per avere risposto a innumerevoli domande su Cape Cod.

La più profonda gratitudine a mia madre, la poetessa Peg Spain Murtagh; ai miei suoceri Tony e Sadie Paratore; al mio fratello artista Jerry; alla mia stupefacente sorella Noreen, a Mike, Ryan e Jack; ai miei meravigliosi fratelli Michael e Donnie Reznek; a Danny e Liane Terrio; a Kevin e Colleen, Liam, Lauren e Brendan; ai miei cognati Jim e Maryann; a Carmen e zia Mary, zia Mimi e zia Virginia; a zia Jane che mi regalò *Piccole donne*; e a Nancy Davison che mi regalò il primo quaderno bianco.

Infine, e più importante, a mio marito Tony, e ai nostri tre figli, Connor, Dylan, Christopher. Sono così fortunata a vivere insieme a voi questa vita meravigliosa.

C.M.P. aprile 2004

indice

Ti è piaciuto questo libro?
Allora leggi il seguito:

Coleen Paratore

Le Cronache di Cupido

La vita di Willa sembra proprio aver preso la giusta piega: mamma è felicemente sposata e Joseph, il ragazzo dei suoi sogni, è finalmente tornato in città. Tutto perfetto! Non fosse per quell'annuncio della chiusura della biblioteca pubblica… Serve un'idea!

PIEMME Junior
BESTSELLER

10. Allan Frewin Jones, *La maledizione del faraone*
11. Ulysses Moore, *La Casa degli Specchi*
12. Alberto Melis, *Il segreto di Loch Ness*
13. Emily Rodda, *Viaggio a Deltora*
14. Caroline Pitcher, *Ore 11, torta al cioccolato*
15. Chris Archer, *La città segreta*
16. Janet S. Anderson, *L'ultimo tesoro*
17. Salamanda Drake, *Maya sulle ali del drago*
18. A. & B. Fienberg, *Il grande libro del piccolo Tashi*
19. Geronimo Stilton, *Barzellette al top*
20. Ulysses Moore, *L'Isola delle Maschere*
21. P.D. Baccalario, *L'Anello di Fuoco*
22. Alberto Melis, *La Perla del Drago*
23. Emily Rodda, *La profezia della strega*
24. Liz Kessler, *Emily diario di una sirena*
25. P.D. Baccalario - A. Gatti, *Un bicchiere di veleno*
26. P.D. Baccalario, *La Stella di Pietra*
27. E.D. Baker, *Capelli di strega, fagioli magici & alito di drago*
28. Salamanda Drake, *Maya e il cacciatore dei cieli*
29. Allan Frewin Jones, *La città perduta*
30. Miki Monticelli, *La Pietra Nera*
31. Caroline Plaisted, *Fermate il mondo... voglio scendere!*
32. Elisa Puricelli Guerra, *Principesse a Manhattan*
33. Ulysses Moore, *I Guardiani di Pietra*
34. Coleen Paratore, *Operazione Matrimonio*
35. Lucy Daniel Raby, *L'Elfo del Nord*
36. Emily Rodda, *Le Sette Pietre di Deltora*
37. Sarah Singleton, *La casa prigioniera del tempo*
38. Geronimo Stilton, *Il Reame Perduto*
39. Geronimo Stilton, *La Porta Incantata*
40. Geronimo Stilton, *La Foresta Parlante*

Questo libro non è vendibile
se sprovvisto del presente tagliando
PROVA D'ACQUISTO
Edizioni Piemme
FRAZIONE MATRIMONIO
566-2110-5

Per l'elenco completo e per maggiori informazioni
visita il sito www.battelloavapore.it